氷川先生はオタク彼氏がほしい。
彼女 MODE
やっと、二人きりになれたね♥
ひかわ
きりしまくん
氷川真白
MASHIRO HIKAWA !!
拓也が通う慶花高校の国語教師。生徒からは鬼教師“雪姫”と恐れられているが、実はガチオタ。生徒と知らず拓也を好きになってしまう
1時間目

いい加減、静かにしてください
ON
鬼教師
MODE

オタク
MODE
食らえー三万円課金の力！
うへへへ……
Colbee
ポテトチップス
こいしお味
OFF

霧島拓也
TAKUYA KIRISHIMA
オタクな男子高校生。自身の不良っぽい見た目に悩み気味。正体を知らず氷川先生と付き合い始める
今日、私とデートしませんか♡
拓也、最近なんか変わったことあっただろ？
篠原涼真
RYOMA SHINOHARA
以前拓也の家庭教師をしていた、慶花高校の数学教師。兄貴分として拓也を見守る
小桜木乃葉
KONOHA KOZAKURA
拓也の幼馴染みで後輩。しょっちゅう拓也の家にあがりこんでは、イジってくる小悪魔

神坂紗矢
SAYA KANZAKA----------!!
見た目は子ども、中身は大人。氷川先生の親友で、売れっ子同人作家。氷川先生の恋の相談役
お、俺も好きですけど
あのね。霧島くんーー大好き
真白はもう
ちゅーとかしたのか？

制服
MODE
その……ほんの少しだけなら……
き、着てあげてもいいかな

か、顔は撮っちゃ駄目だからねっ！
…………っ
超可愛いから写真撮っていい？

OTAKARE

!! --- PLEASE --- !!

1時間目

教師と生徒の恋愛、ダメ絶対！

はい、皆さんいいですか？　ここ、テストに出ます。
改めて言うまでもないと思いますが、
ちゃんと皆さんの心に刻んでおいてください。
この一線は、絶対に越えてはならないものですから。
越えれば、どうなるかは……
賢い皆さんならわかりますよね？
……え、**私ですか？** も、**もちろん、ええ、**
そんなこと有り得ません。……ほ、**本当ですよっ？**
そ、**そんな生徒と恋愛なんて、**
するわけ……す、するわけ……うぅ。

氷川先生はオタク彼氏がほしい。1時間目

篠宮 夕

ファンタジア文庫

2891

口絵・本文イラスト　西沢5《ミリ》

氷川先生はオタク彼氏がほしい。

OTAKARE

!! --- PLEASE --- !!

1時間目

プロローグ

「いい加減、静かにしてください」


高校一年生の春。

入学式。

新たな門出《かどで》により心を躍《おど》らせているであろう新入生の前で、彼女がそんな冷たい声を響《ひび》かせたのは今でもはっきりと覚えている。

壇上《だんじょう》に立っていたのは、一人の女性教師だった。

一つにまとめられた黒髪《くろかみ》。

黒縁《くろぶち》の眼鏡をかけた姿は真面目《まじめ》そうな印象を与《あた》え、その奥からは鋭《するど》い眼光が見え隠《かく》れする。格好は黒のスーツで、かなりお堅《かた》い印象。

美人なんだろうけど、その雰囲気《ふんいき》は刺々《とげとげ》しさと冷たさを掛《か》け合わせたようなもので。

ぐるりと、その女性教師は体育館中を眺《なが》め回して言う。

「先程《さきほど》から、みなさんのことを見ていましたが——私語が非常に多いです。それに、隠れて携帯《けいたい》を弄《いじ》っている方もちらほらと見受けられます。今は入学式中です。みなさんが好き勝手にしていい場ではありません」

「──今後、小学生でもできることを指摘《してき》されないように気をつけてください」

そんな、当たり前だけれど──厳しい言葉とともに、俺の高校生活は幕を開けた。

後から聞いたが、そのひとは〈雪姫《ゆきひめ》〉と揶揄《やゆ》される女性教師で。うちの高校ではとびっきり厳しくて怖《こわ》い先生のようだった。

それ以来、俺は……というか、俺たち新入生は、〈雪姫〉に苦手意識を持っている。

第一章

人間、努力なんかじゃどうにもならないことはあると思う。

どれだけ努力を重ねても、越《こ》えられない壁《かべ》というものがあるというか。

一言でいうなら、それは「才能」ってやつで。もっと範囲《はんい》を拡大するなら、それぞれの人間には「出来ること」と「出来ないこと」があるんじゃないかと思ってしまう。

そうなると、俺みたいな凡人《ぼんじん》にとって、人生で一番大切なのは、自分の「出来ないこと」を見極《みきわ》めることで。さらに、「出来ること」に焦点《しょうてん》を絞《しぼ》って、効率良く時間を使っていくことが大切なんだと考えてしまう。

時間は有限だから。

だから、「出来ないこと」には時間は使わない。

もっと、有益なことに——自分がもっと楽しめたりすることに、時間を使うべきだ。

そうするのが、俺は賢《かしこ》い生き方だと思う。

ただ、だからといって、自分の「出来ないこと」が出来る人たちに憧《あこが》れないかと言ったら、それとこれとは話は別で。

つまり、何が言いたいかというと。

「…………あぁ、彼女欲しいなぁ」

高校一年生の春休みが、あと一週間と近づいてきた頃《ころ》。

俺が自転車を押しながら傾斜《けいしゃ》のきつい坂を登っていると、学生カップルが二人乗りで颯《さっ》爽《そう》と駆《か》け上がってきた。電動自転車なのか一漕《こ》ぎするごとにぐんぐんと登って、俺をあっという間に引き離《はな》していく。

それを見て、羨《うらや》ましいとは思うけれど……もちろん、彼女をつくることなんて、自分には到底《とうてい》無理だとわかっている。

何故《なぜ》なら、俺のステータスを挙げるとこんな感じだからだ。

【名前】霧島拓也《きりしまたくや》／【職業】学生（高校一年生）／【見た目】やや茶髪《ちゃぱつ》（生まれつき）。身長は平均よりやや高め／【備考】オタク

さらに、生まれつき「目つきがちょっぴり悪いらしい」というデバフ持ち。

一言でいえば、俺は漫画《まんが》に出てくる三下の不良みたいな見た目をしているということだ。

そして、そんな奴《やつ》の扱《あつか》い方なんて、だいたい一つに絞られてくる。

クラスでは浮《う》き、ペアを組まされる授業では必ずと言っていいほど余り物。

近所を歩きながら幼児と目が合うと、泣かれることもしばしば。

そんな――はじまりの街から、デバフどころか、呪《のろ》いの装備を強制的につけさせられた状態では、ＮＰＣにも魔物《まもの》にも逃《に》げられっぱなしでクエストも碌《ろく》に進むわけがない。

当然、彼女なんて夢のまた夢。

誰《だれ》かと仲良くなるのも、会話イベント自体が発生しない以上、もちろん無理難題。

だから、さっきの理論から言うと、彼女をつくることなんて諦《あきら》めて――自分の「出来ること」に集中するべきなんだろうけど。

でも、俺は自分の心に素直《すなお》になるなら、彼女が欲しくてたまらない。

理想を言ってもいいなら、美人で可愛《かわい》い彼女が。

そして、当然、オタク趣味《しゅみ》を共有できる彼女が。

放課後にはアニメショップに行ってお互《たが》いのおすすめのラノベを教え合ったり。休日にはどっちかの家で一緒《いっしょ》にぐだぐだアニメ鑑賞《かんしょう》をしたり。それから、長期休暇《きゅうか》にはちょっと遠くに聖地巡礼《じゅんれい》しに行ったり。

まあ、もちろん、そんなの身の程を弁《わきま》えてない夢ってことはわかっているけど。

それでも、もし、こんな可愛い女の子が彼女だったらなぁ……などと、夜な夜な布団《ふとん》の中で妄想《もうそう》してしまっているのが現実で。

そういうわけで、今日も今日とて、俺は本日発売のラノベを買うために自転車に乗って本屋さんへと向かっていた。

……いや、何が「そういうわけで」かは自分でもさっぱりわからないけど。彼女が欲しいと思ってるなら、少しは努力しろって話だけど。

でも、こればかりは仕方ない。昨日の夜から、新刊のラノベが気になりすぎてそわそわしていたぐらいだし。それに、それこそ『出来ないこと』なんだから、俺が努力したって無意味だろうし。

「ふう、っ……」

住宅街のなかにある傾斜の大きい坂を、俺は自転車を押したまま登り終える。

すると、この街――慶花町《けいか》の風景が一望できた。

慶花町は、横浜《よこはま》駅から地下鉄で数十分ほど行った先にある街だ。これと言って大きな特《とく》徴《ちょう》もない街だが、しいて挙げるとしたら「坂」が多いことぐらいだろうか。あと、横浜なのにこれっぽちも海が見えないところとか。

坂ばかりの景色を眺めながら、俺は自転車に跨《また》がる。それから坂を下っていって。

十分後。

俺は無事に新刊のラノベを買うことに成功していた。

さて。これから大雨になるって予報だったし、さっさと帰るか。このラノベを一秒でも早く読みたいっていう気持ちもあるし。

俺は急ぎ足で本屋さんの駐輪場《ちゆうりんじよう》まで戻《もど》って――

「っ」

俺は、そのひとに目を奪《うば》われてしまった。

本屋さんの前にある歩道橋。

そこの階段を、女の子が大きな紙袋《かみぶくろ》を抱《かか》えて上っていた。

それだけではなく、彼女は両腕《りようう で》にそれぞれ紙袋を吊《つる》している。しかも、紙袋にはさっき俺が行ったばかりの本屋さんのロゴ。……ってことは、あれ、もしかして全部本なのか？

でも、俺が目を奪われたのはそれだけが理由ではない。

その女の子が、今まで見てきた中で一番と言っていいほど可愛かったからだ。

見た目の年齢《ねんれい》的には、だいたい同じぐらいか一つ上の先輩《せんぱい》ぐらい。

艶《つや》やかな黒の長髪《ちようはつ》。優《やさ》しげな瞳《ひとみ》。

重い荷物を抱えているためか、彼女の視線が僅《わず》かに下に向き、はらりと乱れた髪によって顔が隠されていて。だが、黒髪の隙間《すきま》から窺《うかが》える横顔は、はっと息を呑《の》むほど美しい。

胸元《むなもと》は服の上からでもわかるほど膨《ふく》らんでおり、ブラウスは魅惑《みわく》的な曲線を描《えが》いていた。

ロングスカートは落ち着いた淡《あわ》い色合いで、全体的に清楚《せいそ》そうな印象を与える。

……うわっ、すげー綺麗《きれい》で可愛い女性《ひと》。

あんな美人と付き合えたら、さぞかし毎日が楽しいんだろうな、と思う。

もちろん、絶対に無理なのはわかってるけど。

よいしょ、よいしょと、重そうな紙袋を持ってゆっくりと歩む彼女。

牛歩で、歩道橋の階段を上ろうとしている。けど、

……あれ、大丈夫《だいじょうぶ》か？

あんな薄《うす》そうな紙袋にたっぷり本を詰《つ》めてたら、破れるんじゃないか？　ここの本屋さんで紙袋を使うほど本を購入《こうにゅう》したことがあるけど、そのときにも呆気《あっけ》なく破れたし。

と、そんなことを思っていると。

びり。びり、びりいいいいいいっ！

案の定、盛大な音を立てながら、紙袋が裂《さ》けた。

同時に、何冊もの本がどさどさどさと地面に落ちてしまい、階段をころころと転がり落

ちて歩道まで行ってしまう。

だけれど、それだけではなかった。

目の前の歩道に、ビジネスマン風の通行人が現れる。されど、その耳にはイヤホンがついていて。その男はチラッと歩道橋の女の子に視線を放るが、そのせいで足下の本には気づいていない。そのまま、泥《どろ》だらけの靴《くつ》が本を踏《ふ》もうとする。

しかし、彼女は距離《きょり》的《てき》に間に合うはずがなくて。

「――、――」

ほんの、ほんの一瞬《いっしゅん》だけ、彼女の顔が僅かに歪《ゆが》む。

刹那《せつな》。

気がつけば、俺の身体は動いていた。

鞄《かばん》を地面に落として駆けていくと、俺はギリギリのところで本を拾う。

しかし、そのせいで、ビジネスマン風の男にぶつかりそうになり――舌打ちとともに睨《にら》まれてしまった。だが、俺の顔を見た途《と》端《たん》、その男性はそそくさと足早に去っていく。

……あっ、これ、俺を怖がったやつですね。

こうやって怖がられるのは、慣れてるから別に構わないんだけど。だからといって、傷つかないわけでもない。……俺、やっぱそんなに怖い顔をしてるんですかね。

「あ、あのっ。すみません、本当にありがとうございますっ」

「い、いえ、気にしないでください。大したことはしてないんで」

「そんなことはっ。本当に助かりましたから。あの、ありがとうございました」

階段を降りてくると、ぺこぺこと何度も頭を下げる女の子。

彼女が顔を上げると、その表情はあからさまに安堵《あんど》していて。そんなに大したことなんてしていないつもりなのに、ここまで感謝されると何だかむず痒《がゆ》くなる。

「あっ、俺も拾うの手伝いますね」

「えっ、そこまでしていただかなくても——」

「ほ、ほんと気にしないでくださいっ。ただ、俺がやりたいだけなんでっ」

それに、流石《さすが》にこのまま見捨てていくわけにもいかないし。

俺が精一杯《せいいっぱい》の笑顔《えがお》でそう返すと、屈《かが》んで他の本も拾い始める。……あーあ、やっぱり砂とかでちょっと汚《よご》れてるな。可哀想《かわいそう》だけれど、これぱっかりは仕方ない。

本を拾っていると、タイトルが不可抗力《ふかこうりょく》で目に入ってしまう。

落ちていた本は、どれも大学受験向けの国語の参考書ばかりだった。このひと、もしかして先輩なのか？　この春に、大学受験向けの参考書を買ってるってことは、来年度から高校三年生か浪人《ろうにん》生なのかも。

俺は拾い終わると、彼女——先輩に手渡《てわた》す。

「え、えっと……これ、どうぞ」

「あっ、ありがとうございます。本当にとっても助かりましたっ」

ほっと、息を吐《は》き出す先輩。

大事そうに本を抱え、そのせいでそれがむぎゅっと柔《やわ》らかそうに形を変える。

なんか、目のやり場に困る……どこがとは言わないけど。

と。

俺が慌《あわ》てて視線を逸《そ》らすと、紙袋が視界に入った。

そこには、先程《さきほど》拾った本がちょっと雑に置かれてあって。よほど急いで詰め直したせいか、少し表紙が曲がってしまっていて。

——可愛い女の子がＭ字開脚《かいきゃく》しているイラストがばっちり見えていた。

というか、俺がよく知ってる肌色《はだいろ》が多めのラノベの挿絵《さしえ》だった。

「っ」

「あ、あのっ、それはね、そのっ」

俺の視線に気づいたのか、かぁぁぁぁと顔を染める先輩。

まさか、挿絵が思いっきり見えてる状態とは思わなかったんだろう。

でも、他人に自分が読んでるラノベを見られたくないってのはよくわかる。

やっぱ、そうだよな。こう言ってはなんだけど——大半のラノべって、人に見せるのって結構勇気が必要な気がする。相手がオタクなら全然いいんだけど。

「あの、こ、これはね、違《ちが》うのっ」

先輩は頬《ほお》を赤らめたまま、紙袋を自分のお尻《しり》の方へと隠《かく》した。よほど慌ててるのか敬語ですらなくなっている。

彼女は視線を明後日の方向に向けながら、ぼそっと。

「あ、あの、これはね、その…………おじいちゃんに買ってきて言われたの」

「異世界転生エロ系ハーレムラノベを⁉ おじいちゃんがですか⁉」

「う、うん。そうなの」

俺が驚愕《きょうがく》すると、先輩はこくこくと頷《うなず》く。

「なんかね、最近、妙《みょう》にハマっているみたいで。この間なんて、病院のベッドで『早く転生しないかなぁ』って言ってたぐらいだし」

「発言が意味深すぎませんか⁉」

「あと、急に農作物の育て方とかを調べ始めたり」

「明らかに知識チートする気、満々じゃないですか！」

「部屋で魔法《まほう》っぽい何かを唱えてる姿とか見るんだけど、黙《だま》ってた方がいいかな？」

「それはそうですね！　ってか、高齢《こうれい》になっても現役《げんえき》の厨二病《ちゅうに》ってむしろ凄《すご》いですね！」

「あと、それからっ……それから…………………………………うん、流石にこの嘘《うそ》は無理あるよね。ははっ（死んだ目）」

「きゅ、急にどうしたんですかっ？」

「ご、ごめんね、なんか茶番に付き合わせちゃって。わかっていただろうけど、全部嘘なの。この本も、私が私のために買ったの。……引く、よね？」

薄っぺらい引きつった笑みをつくって、ずーんと落ち込む先輩。

ラノベのことは知られたくなかったのか、死んだ目をしている。メンタル弱すぎるだろ。でも、さっきも言った通り、嘘をついてしまう気持ちもわからなくはなくて。

だから、俺は慌ててフォローするように言う。

「ひ、引かないですよ。俺もこのラノベ全巻持ってますし。えっと、上手《うま》く言えないんですけど、このシリーズいいですよね」

「えっ？　さっきので、もしかしてとは思ってたけど……君もこういうの読むの？」

「はい、その……俺もオタクなんで。ラノベは割と読む方だと思います」

「そ、そうなんだ。それなら、慌てて隠したりする必要もなかったのかな。あはは」

照れ臭《くさ》そうに笑って誤魔化《ごまか》す先輩。

その笑顔に、思わずドキリと胸を高鳴らせてしまう。……くっそ、可愛《かわい》いなこのひと。

そこで、ふと、俺はあることが気になってしまう。

「あ、あの。そういえば、本、大丈夫ですか？　ここから運べますか？」

「あー……えっと、多分大丈夫かな。私、慶花町の駅の辺りに住んでるから、ちょっと遠いけど。でも、こう見えて、私、結構筋肉あるから」

「えっ。そ、そうなんですか？」

「あっ、疑ってる？　本当だよ？　私、意外と力持ちなんだから。ほら」

可愛らしく力こぶをつくってみせる先輩。

だけれど、その腕《うで》は華奢《きゃしゃ》で白い肌《はだ》で。うん、このひと完全にインドア派だ。何故わかるかっていうと、俺も似たようなものだから。

でも、慶花町の駅辺りって……俺の家の近くじゃないか？

あの辺まで行くとなると、すぐ近くにある傾斜《けいしゃ》のキツい坂は絶対に登らなきゃいけない。

それに本もこの量だ。どう考えても、これは女の子一人で運ぶ量ではなくて。

俺は恐《おそ》る恐る提案する。

「……えっと、もしよかったら俺も運ぶの手伝いましょうか？　俺、同じ方向ですし、自転車持ってるんで」

「えっ？　正直、それはありがたいんだけど……でも、そこまでしてもらうなんて」

「大丈夫ですよ。俺、その、暇《ひま》なんで」

「で、でも――」

流石に、これ以上迷惑《めいわく》をかけるのは気が引けるとでも考えているのか、先輩《せんぱい》はゆるゆると首を振《ふ》る。

そのとき。

遠くの空が、急にピカッと閃《ひらめ》いた。先輩がびくびくっと身体を震《ふる》わせる。

それから、かなーり長い間の後、ゴロゴロと雷《かみなり》が鳴り響《ひび》いた。

「あ、そういや、大雨が降るんだっけ……」

天気予報では数時間後って話だったけれど、もしかしたら早まっているのかもしれない。

ということは、この本を運ぶのに長い時間はかけていられないというわけで。

先輩は未《いま》だ何故か怯《おび》えた表情を見せながらも、僅かに逡巡《しゅんじゅん》する様子を見せた後。

おっかなびっくり言ってくる。

「あ、あの。やっぱり頼《たよ》らせてもらってもいい……かな？」

そうして数分後には、俺たちは慶花町の駅方面に向かって歩き始めていた。

破れた紙袋《かみぶくろ》は、既《すで》に本屋さんで取り替《か》えてもらっていた。それらを自転車のカゴに入れて歩きながら、二人で心臓破りの坂を登っていく。

……それにしても、このひと、全然俺のことを怖《こわ》がってる感じがないような。

チラッと隣《となり》を見るが、先輩はどこか楽しそうにしているだけで。なんか、個人的にはすげー新鮮《しんせん》な気分だ。

「……で、えーっと、君は他にはどんなラノベを読んでるの？」

俺は先輩と一緒《いっしょ》に歩いていたが、結局、話すのはラノベのことだった。

でも、正直に言うとありがたい。他の話題だと、何も喋《しゃべ》れないし。かといって、初対面の人と無言状態は辛《つら》すぎる。

「え、えっと、よく読むのはラブコメだったり青春モノです。『ゲーマーズ！』、『青春ブタ野郎《やろう》シリーズ』、『俺ガイル』、『弱キャラ友崎《ともざき》くん』、『エロマンガ先生』と、か……」

言いながらチラッと隣を見てしまうと、先輩とばっちりと目が合ってしまった。

それだけで、言葉が出なくなってしまう。

どれだけ喋り慣れてないんだよ……と自分を情けなく思ってしまうけれど、こればっかりは仕方ない。普通《ふつう》の人ならまだしも、相手は先輩で、しかも超美人《ちょう》。

俺みたいなぼっちオタクには、目を合わせて会話するなんてハードルが高すぎる。

けれど、気にした様子もなく、先輩は楽しそうに口元を綻《ほころ》ばせながら。

「あっ。今出たシリーズ、私も全部読んでるっ。どれも良かったんだけど……最近だと、特に『青ブタ』はぐさっと刺《さ》さっちゃったかな。巻数が進むごとに、どんどんと笑わされて感動させられて。その……電車の中なのに、いっぱい泣いちゃったりもしたし」

「え？」

「あっ、いや、ま、毎回じゃないよ？　ただ、巻数を重ねるごとに、その、どんどん感情移入しちゃって……は、ははっ。気持ち悪い、よね？」

「いえ、逆です！　わかります超わかります！　俺も読んでて、超泣きましたし！　あとは舞台《ぶたい》が江《え》ノ島《しま》あたりとか近場だったんで、思わず行ってみたりとか！」

「あっ！　それ、私もした！　キャラたちがここを歩いてるんだなぁーって思って歩くと、とっても楽しいよねっ」

「ちなみに、誰《だれ》が好きですか？　俺は先輩派です」

「私は、そうだな……迷うけど、やっぱり理央《りお》ちゃんとか後輩ちゃんとかかな」

「あー、その二人もいいっすよね！」

ほんと、あのラノベに出てくる女の子はなんであんなに可愛いんだろうな。

あーあ、俺の現実にもあんな可愛い先輩がいたら、もっと頑張《がんば》れるのに……

「ふふっ」

軽い現実逃避《とうひ》をしていると、先輩が不意に小さく笑った。

いったい、どうしたんだろう？

俺の視線に気づいて、先輩は頬を染めてぶんぶんと手を振る。

「えっと、なんかごめんね。ラノベについて喋ったのが久しぶりだったから、その、凄く楽しくて……へ、変だよね？」

「いや、俺も似たような感じで……その、俺も喋るの楽しいですし」

普段《ふだん》、こんなことを喋れる友達がいないからか、まさにそれは本音そのもので。

お互《たが》いに顔を見合わせると、ふっと小さく微笑《ほほえ》んで。

「じゃ、もう少しラノベについて喋ろっか」

「はい、ぜひっ」

にっこりと笑って、俺は大きく頷く。

それから、俺たちはラノベについて話し始めて。

十数分後には、すっかり意気投合してしまっていた。

先輩なんて最初の方からだけど、すっかり敬語が抜《ぬ》けていて。なんだか妙に距離《きょり》が近づいたようにも思えて嬉《うれ》しかった。

まあ、俺は相変わらずの敬語だったけど。でも、明らかに先輩ってわかってる女性に敬語で喋らないのも気持ち悪いし。これはこれでいいんだろう。

気がつけば、俺たちは坂を乗り越《こ》えていた。

もう少しで、俺の家の近所だ。

ということは、先輩の家も近づいてきたってことで。

出来れば、家のそばまで運んでいってあげた方がいいんだろうけど……今日出会ったばかりなのに、家まで行くって正直キモいよな。怖いと思われるかもしれないし。

迷った末に、俺は正直に話してみる。

「あの。実は、俺の家、もう少し先にあるあの信号の近くのマンションあたりで」

「えっ？　あっ、その……私の家も、あの信号あたりなんだけど」

「えっ？」

驚《おどろ》いて、先輩を見る。

よく聞いてみると、先輩の家は道路を挟《はさ》んで反対側にあるマンションらしかった。

マジかよ。まさか、ご近所さんだったなんて……こんなことってあるんだな。

最近では、隣に誰が住んでいるか知らないことなんてザラにあるから、俺が先輩のことを知らなくてもおかしくはないんだろうけど。

でも、向かいに住んでるなら、制服姿ぐらい一回は見ていてもおかしくないのに。

まあ、大方、学校に向かう時間が全然違《ちが》うんだろうけど。

そうしているうちに、俺たちはマンションの近くまでやってきて。

「あの、本当にありがと。多分、私一人じゃ運べなかったから、とっても助かっちゃった」

「いいえ、気にしないでください。結局、道も変わらなかったんで」

なるべく先輩が気にしないように、俺は精一杯《せいいっぱい》の笑顔をつくってみせる。

でも……これで、この先輩と話すのも終わりか。

そう思った瞬間《しゅんかん》、じくりと心が痛んだ。

俺は学校でもぼっちだから。オタク友達はおろか、友達すらいないから——ラノベについてこれだけ話したのは初めてで。

だから、なんというか、この先輩ともう少し話したいと思っていて。

それに、下世話ではあるけど、凄く可愛いからもう少し一緒にいたいとも思っていて。

そして、あわよくば連絡先《れんらくさき》も交換《こうかん》できたらなとも思っていて。

……だけど、やっぱ無理だよな。

俺と先輩は、結局のところ他人で。

学校も（たぶん）同じじゃないし——接点なんて、これ以外何もないのだから。

そうして、お互いの間に別れの雰囲気《ふんいき》が流れたそのとき。

「あ、あのっ、えーっと……そ、それでね」

不意に、先輩が頬《ほお》を赤く染めながらもごもごと切り出した。

どうしたんだろう？　そう思っていると、先輩はくるくると黒髪《くろかみ》の先を手で弄《いじ》りながら、チラッと視線を向けてきて。

「あの、私、ラノベとかについて話せる友達が少なくて……だから、そ、その、もう少し君と話せたらなって思ってて」

「えっ？」

「そ、それに、そう！　今日はたくさん助けてもらったからっ！　だから、今度、君にお礼もしたいと思ってるんだけどっ」

「その……連絡先の交換とか駄目《だめ》かな？　もちろん、嫌《いや》じゃなかったらでいいんだけど」

先輩のその発言に。俺は言葉を失ってしまった。

え、えっ？　ちょ、ちょっと待った？　いったい、何が起こってるんだ？

だけれど、それを拒否《きょひ》する理由は当然のようになくて。

「い、嫌ってことはないですけど……」

俺が躊躇《ためら》いながらも了承《りょうしょう》すると、先輩はパッと笑顔を輝《かがや》かせる。

そこからは、早かった。

先輩はオタオタとしながらも、すぐさまスマホを取り出すとＱＲコード画面を出して。

……交換、してしまった。

俺のスマホ上には、先輩のＬＩＮＥのアカウントが表示されていた。

だけれど、彼女曰《いわ》く『本名』であるという名前を見ても、いまいち実感が湧《わ》かなくて。

「じゃ、その……後日、また連絡するね」

「あっ、は、はい」

「それじゃ――またね、霧島くん」

最後に微笑みながらそう言うと、彼女は紙袋を抱《かか》えてマンションに消えていく。

それでも現実感は未《いま》だにないままで。お約束のように頬を抓《つね》ってみるが普通に痛くて。

当たり前のように、彼女の――『氷川真白《ひかわましろ》』と書かれたアカウントは、いつまで経《た》っても消えることはなかった。

第二章

トーク画面にて。


【氷川真白《ひかわましろ》】え、霧島《きりしま》くんも一人暮らしなの？

【霧島拓也《たくや》】も、ってことは、えっ、もしかして氷川さんもですか？

【氷川真白】うん。ちょうど一年前ぐらいから、一人暮らしかな。

【霧島拓也】へぇー。奇遇《きぐう》ですね、俺もちょうど一年前ぐらいからなんで同じですね。

【氷川真白】えっ、そこも同じなんだ。でも、一人暮らしだとご飯は面倒《めんどう》だよね。

【霧島拓也】はい、そうなんです。ご飯はつくったほうがいいんでしょうけど……中々できてなくて（笑）。ご飯だけ炊《た》いて、おかずに惣菜《そうざい》を買ってる感じです。

【氷川真白】あっ、それ、とってもわかるかも。私もご飯をつくっているんだけど……やっぱり、面倒になることも多いよね。一人分だと、割高になっちゃうこともあるし。

【霧島拓也】そうですよね。結局、たくさんつくることになりそうですし……こういうの体験すると、ラノベ主人公ってやっぱ凄《すご》いなと思います。だって、あいつら当然のように自炊《じすい》やってるんですよ？　基本、惣菜とか買ってないんですよ？

【氷川真白】しかも、妹の分までつくったりしてるし……

【霧島拓也】そうそう。やっぱ、ラノベ主人公って基本的にハイスペックですよね。

【氷川真白】あっ。話は戻《もど》るんだけど、もしよかったら——


氷川真白がメッセージの送信を取り消しました

◇　◇　◇

……なんだったんだろうな、あれ？

昨日の夜に、送られてきたメッセージ。

俺はＬＩＮＥのトーク画面を開いてそれを見ながら、首を捻《ひね》った。

スマホのスリープ画面にメッセージがポップアップされて、途中《とちゅう》まで読めたのは覚えている。だけれど、アプリを開くと、取り消されているし……ほんと、なんだったんだ？

凄く気になってしまう。

いったい、氷川さんは何を言おうとしたんだろうか？

もしかして、もう連絡を取り合うのは止《や》めましょう……とかか？

だとしたら、俺、なんかやっちゃった!?　えっ、どんなの送ったんだったっけ!?

たった一つの（ただしシステム上の）メッセージに対して、必要以上に『裏』を勘《かん》ぐってしまって過去のやり取りをスクロールして見返す俺。

あれから、一週間が経過していた。

あの後――改めて、氷川さんからはＬＩＮＥでお礼を言われていて。

そこから、俺たちは毎日のように雑談を延々と続けていた。

まあ、そうは言っても、一日に数往復するレベルだけど。

でも、やっぱり氷川さんと話すのは楽しくて……そして、それ以上に心臓が痛かった。

いや、だってさ、仕方ないだろ？

この年になるまで、女の子とＬＩＮＥなんてほとんどしたことないし。そういうのとは無《む》縁《えん》の世界で生きてきて、急にそんな機会が来ても出来るわけがない。

しかし、そんな弱音を吐《は》いたところでどうにもならなくて。

ネット上に大量にある『女の子と上手にＬＩＮＥするための十の心得』みたいな記事を参考にしながら、書いては消して。書いては消して。何度も推敲《すいこう》しながら、ようやく辛《かろ》うじて満足のいくものができたときには、もう何時間も経っていて。

だが、メッセージを送信した後は、その比じゃない。

はっきりと言うが――氷川さんからのメッセージを待っている時間は、生きた心地《ここち》がしない。たとえるなら、あれだ。死神の鎌《かま》を首にずっと突《つ》きつけられている気分。

しかも、待つ時間が長いと「何か、変なこと送ったかも……」と何度も自分が送ったメッセージを見返して、反省して死にたくなって。

そんなときに、スマホが振動《しんどう》して来て届いたのが、企業《きぎょう》ＬＩＮＥだったときの憎悪《ぞうお》と来たらもう！　ふざけんな！　紛《まぎ》らわしいタイミングで送ってくんじゃねぇ！

そうして、やっと届いてホッとしたと思ったら、今度は氷川さんに送るメッセージを考え――以下、エンドレスである。

正直に言うなら、ちょっと疲《つか》れてしまった。

でも、世のリア充《じゅう》とか陽キャラとかは、こんなこと平然とやってんだもんな……あいつら、本当に凄いな。どれだけ心臓強いんだよ。

だけど、同時に理解できてしまう。

こんなことをするのは、やっぱり、氷川さんとの会話が楽しいからで。

……うん、ここまでくれば白状するが、俺は氷川さんのことが気になっている。

まだ、その感情に名前がつけられるほど確かなものではないけれど。でも、やっぱり彼女が普段《ふだん》何をしているのかとかが気になってしまうのは事実で。

たった十数通のメッセージがこんなにも心を惑《まど》わせるものとは、俺は知らなかった。

まあ、俺、その楽しいものを、ぶち壊《こわ》しちゃったかもしれないんですけどね……

あー!? 俺、もう本当に何かしたのか!?

あの文面から悪い言葉が来るとは考えにくいけど、あー、でも、すげー気になる!


「──それでは、次は生徒指導の先生からのお話です」


男子生徒の声が響《ひび》く。

それで、俺の意識は一気に現実に引き戻された。

現在、俺がいるのは高校の体育館。終業式の真っ最中だった。

……いや、そんな時に、スマホなんて見てんじゃねーよと思うかもしれないが、これはあれだ。それぐらい、氷川さんのことで頭がいっぱいだったのだ。

だが、そんな風に、心ここにあらずな状態なのは俺だけではない。

明日から春休みだからか、周囲の同級生たちも心なしか浮《う》き足立って見える。

隠《かく》れながらLINEでやり取りしたり、もっと直接的に隣《となり》や後ろの生徒と喋《しゃべ》ったり、と

にかくやりたい放題だ。だが、

「っ」

その女性教師が壇上に上がった瞬間、その弛緩した空気が引き締まった。

雪姫《ゆきひめ》、だ。

直後。黒縁《くろぶち》眼鏡の向こうから、睨《にら》みつけられているような感覚に襲《おそ》われた。

これが、ポケットなモンスターのゲームなら防御《ぼうぎょ》が一段階下がっているところだ。対象は、この体育館にいる全員。なにそれ、強すぎんだろ。

しかし、実際、多くの生徒が大人しくなり始めた。

まあ、それも無理もない。だって目をつけられたくないし。

特に、俺なんて、この見た目も相まって素行が悪い生徒ということになっている。

そんな状況《じょうきょう》で、リスクのある行動は取りたくなかった。

俺も周りに倣《なら》って制服のポケットにスマホをしまうと、雪姫と視線を合わせないように顔を俯《うつむ》かせてしまう。

それから、雪姫の話が始まるが——正直、話なんて何も入ってこなかった。

下をずっと向いたまま、ただひたすらに苦行が終わるのを祈《いの》るばかりだ。

……でも、雪姫って二年生の担任になるかもしれないんだよな。

もし、それが本当なら嫌すぎる。ただでさえ、俺は目をつけられやすいのに、雪姫が担任なら何を言われるかわかったもんじゃないし。

「――それでは、終業式を終わります」

などと考えているうちに、雪姫の話は終わって終業式も幕引きとなった。

生徒がぞろぞろと自分のクラスへと帰り始める。

その表情は、安堵《あんど》したような、明日から始まる春休みへと期待するような感情に染められている。雪姫に水を差されてしまったが、しかし、春休みへの期待感はその程度で収まるものじゃなかったみたいだ。

あー、俺も春休みになったら何をしよう。

最近、公開されたアニメ映画も見に行きたいし、ゲームを徹夜《てつや》でやるのもいいかも。FGOをやってから気になっていた、Ｆａｔｅの原作の方をやるのもありだよなぁ。Ｖｉｔａの方なら高校生の俺でもできるし、超面白《ちょうおもしろ》いらしいから楽しめるだろうし。

ヤバい、考えてたら凄く楽しみになってきた！

マジでさっさと学校終わって、春休みにならないかな――

「おい、霧島。ちょっと待て」

背後からの声。振《ふ》り向くと、眼鏡をかけた教師が立っていた。

篠原涼真《しのはらりょうま》。クラスの女子が「少女漫画《まんが》に出てくるドSイケメン教師」と密《ひそ》かに呼んでいるのを聞いたことがあるほど整った顔を持った、数学教師だ。

それだけじゃなく、俺と昔から個人的な付き合いのある教師でもある。

それにしても、どうしたんだ？

学校の中で、こいつが話しかけてくることなんてほとんどないのに。

「霧島。悪いが、少し時間いいか。お前には一つ言わなきゃいけないことがあるんだ」

「？　なんすか、篠原先生？」

眉根《まゆね》を寄せていると、篠原先生は告げる。

俺にとって、絶望的な一言を。

「いや、お前、留年すれすれだから春休み中は補習な」

俺の春休みが消えた。

◇◇◇

一時間後。生徒指導室。

終業式により早めに下校が許された中、俺は山のように積まれた補習プリントの前で黙々《もくもく》と手を動かしていた。

だけど、春休みが消えてしまったせいで、当然ながら全く集中できていなくて。

くそっ！　せっかく、Ｆａｔｅとかスマブラをやり込んだりしようと思ってたのに！

補習のせいで、全部パァじゃねぇか！

「っていうか、そもそもなんで俺が補習なんだよ！　俺、今回のテストでは赤点三つしか取ってないだろ！」

「いや、それが全ての答えだろ」

そう冷静に言ってくるのは、対面の席に腰掛《こしか》けている篠原先生――涼真だった。

涼真は、中学生の頃《ころ》にお世話になっていた元家庭教師だ。

当時、涼真は大学生だったが――その後、そのまま教職に就《つ》いたのだ。

だが、何の因果か、俺が進学した高校が涼真の職場でもあって。

以来、涼真とはあの頃と変わらない付き合いをしている。

つまり、頭の悪い俺が、涼真に一方的に迷惑《めいわく》をかけ続けるという関係ということだ。

「というか、拓也、悪いのは今回だけじゃなくて前回もだろ？　あんな点数、毎回取ってたらこうなるのは当然だろうが」

「そ、それは……仕方ないだろっ。この高校のテストが難しすぎるんだよっ。クラスメイトたちも頭良すぎるし。普通《ふつう》、高校一年生なのに二年生の内容までがっつりやるか？」

「そんなの、受験の時点でわかってただろ」

それはその通りかもしれないが、異議は唱えたい。

何故《なぜ》なら、俺が通う慶花《けいか》高校は日本有数の進学校なのだから。

同級生たちは当然のように高偏差値《へんさち》の大学を目指し、授業の内容も非常にハイペースで行われる。高校一年生のときに、高校二年生の内容をやるなんてザラ。盗《ぬす》み聞きした噂《うわさ》によると、高校二年生で三年生分まで終了《しゅうりょう》するらしい。

そんな高校では、俺のような何かの間違《まちが》いで受かってしまったやつは、必然的に落ちこぼれになると決まっていて。

……まあ、それじゃなくても、勉強を一切《いっさい》やらず、帰宅してから日付を越《こ》えるまでずっとラノベやアニメに浸《つ》かってたら、成績が上がるわけがないのは当たり前なんだけど。

しかも、同級生たちは、明らかにデキが違うと思うほど頭がいいし。

それに比べて、俺は……うん、やっぱ向き不向きってあるよな。

前にも言った通り、努力をしても人間としての個体差がある以上、「越えられない壁《かべ》」っていうのはあるわけで。そこを諦《あきら》めて、別のところに時間を使って効率良く生きるのも、俺は一つの選択肢《せんたくし》だと思う。

別に、国内トップクラスの大学に行きたいわけでもないし。

……そうは言っても、流石《さすが》に留年は不味《まず》いんだけど。

今ですら、クラス内で浮いてしまっているのに。

この上、留年なんかしたら、俺の高校生活は取り返しのつかないものになる。

「それに、拓也はテストの点数だけじゃなくて生活態度も悪かったしな。お前、一年間で何回遅刻《ちこく》したか覚えてるか？」

「そ、それも仕方ないだろっ！　アニメが豊作だったんだから！　そのせいでキャンプとか筋トレとかもしたくもなるし！　気がついたら、色々やってて深夜になってんだよ！」

「いや、なんで、アニメ見てるだけでキャンプとか筋トレをしたくなるんだよ」

涼真が呆《あき》れてくるように言ってくるが……え、そういうもんだよな？　みんな、そうだよな？　気がついたら道具を買ったり、ネットで長時間調べたりしてるよな？

「とにかく責任転嫁《てんか》するなよ。そういう行動を取ってるから、一部の生徒からあんな渾名《あだな》をつけられるんだぞ？　あんな揶揄《やゆ》をされたくなかったら、少しは頑張《がんば》れ」

「……え、ちょっと待って。俺、それ知らないんだけど？　え、俺、裏で何か渾名つけられてんの？」

「あ、いや……」

俺が知らないとは思わなかったのか、涼真がそっと視線を逸《そ》らす。

え、えっ？　これマジなやつじゃないの？　先生が知ってるってことは、相当有名なやつなんじゃないの？　俺、教えてくれる友達いないから全く知らないけどさ。

え、マジでなんて呼ばれてるんだ⁉

まさか、不良っぽい見た目から〈狂犬《きょうけん》〉とか呼ばれてるわけじゃないよな⁉

「ちょ、ちょっと待て、涼真！　お、教えてくれ！　俺、裏でなんて呼ばれてるんだ⁉」

「あ、いや、一部の生徒だぞ？　一部の生徒がそう呼んでいたから、広まっているわけじゃないだろうが」

そう前置きすると、涼真は憐憫《れんびん》の眼差《まなざ》しとともに言ってくる。

「――俺が聞いたのだと、〈劣化《れっか》版・一昔前のラノベ主人公〉って呼ばれてたな」

「的確すぎて、ぐうの音も出ねぇよ！」

なんて嫌《いや》な渾名なんだ！

確かに、一昔前は不良っぽい主人公とか流行《はや》っていたけどさ！　けど、劣化って！　確かに基本的にあいつらは頭良かったり家事ができたりするから、どっちもできない俺は確かにそうだけど！　でも、どうせならもうちょっと格好良いやつにしてくれよ！

「ほら、そうとわかったらさっさと手を動かせ。そんな風に呼ばれたくなかったらな」

「……くそっ！　わかったよ、やってやろうじゃねーか！　劣化版が取れるようにな！」

「いや、ラノベ主人公の方はいいのか？」

涼真が何か言ってくるが、知ったことではない。

ラノベ主人公、基本的に凄《すご》いやつばっかりだしな。

俺は全身のやる気を掻《か》き集めて、補習プリントを解く。……まあ、何にせよ、これだけはきっちりやっておかないといけないから、ちょうどいいんだろう。

すると。そのタイミングで、涼真が話しかけてくる。

「そういや、拓也。一つ聞いてもいいか？」

「ん？　なんだよ、涼真？」

理由はあれにしても、せっかくやる気を出したのに。

出鼻をくじかれてムッとするが、涼真はそれにも構わず訊《たず》ねてくる。

「拓也、最近なんか変わったことあっただろ？」

「えっ？　……ど、どうしてそう思うんだよ？」

「いや、だって、俺に流行の服とか髪《かみ》のセットには何を使えばいいかとかＬＩＮＥで聞いてきたりしてただろ？　そりゃあ、不思議に思うに決まってるだろうが」

「そ、そっか」

ふとしたときに、氷川さんと外で会う可能性があるから、知り合いのなかで一番そういうことに頼《たよ》りになるやつに聞いていたんだけど。そりゃ、そうか。これまで興味を持ってなかったら、不思議に思うに決まってるよな。

「まあ、変わったことはあったよ。なんつーか……気になる人ができたっていうか」

「二次元に？」

「そういうベタなボケはいいから。んなわけないだろ」

「いや、割とマジで訊《き》いてる」

「だとしたら、俺、どういう人間だと思われてんだよ！」

俺、こいつにそんな風に思われてたの!?　確かに、こいつにオタクを隠《かく》したことはないけど、え、マジで!?　二次元と三次元の区別がつかないやつだと思われてたの!?

って、そういう話じゃない。

俺は咳払《せきばら》いをして、話を切り替《か》える。

「その……マジで気になる人ができたんだよ。もちろん三次元にな」

「……本気か？」

「なんで疑ってんだよ。嘘《うそ》言う理由がないだろうが」

「いや、あの拓也がそういうことになるとは思わなくてな……何があったんだ?」

訝《いぶか》しげに訊ねてくる涼真。

こいつ、どれだけ信じてないんだよ。まあ、説明するのはいいけどさ。

俺が氷川さんとの出来事を話すと、涼真はふむふむと黙《だま》ったまま聞いていた。

名前とか、そういった個人情報はもちろん伏《ふ》せている。

全て語り終えると、涼真は口元を緩《ゆる》めて。

「ほう、拓也にそんなことがね……ふーん、あの拓也にね」

「ど、どういう意味だよ?」

「いや、別に。なんだか弟の恋愛《れんあい》相談に乗っているみたいで新鮮《しんせん》なだけだ。……で、その女の子からメッセージを取り消されて――それ以来、連絡《れんらく》が来ないと」

「……そう、なんだよな」

「連絡が来ないなら、誤字を修正したかったわけじゃないだろうな。となると……拓也、お前何かやったんじゃないか?」

「や、やっぱそうなるか?」

今までぼんやりとした懸念《けねん》は抱《いだ》いていたが……涼真にもそう言われると、それが急に具体性を持ったような気がして。

「まあ、俺はそのＬＩＮＥの内容を見てないから憶測《おくそく》でしかないが――もし、ずっとメッセージが来ないままなら、あんまり自分から絡《から》みに行くのは止《や》めといた方がいいかもな」

涼真はそう締《し》めくくる。

それを真に受けて、俺は思いっきり落ち込んだ。

そのときは。

◇◇◇

それから、帰宅した後――俺は一人でそわそわしていた。

それも当然。何故なら、氷川さんからこんなメッセージが届いたからだ。

【氷川真白】霧島くん。今日の二十時にマンションの前で会えませんか？

もう来ないと思っていた連絡だからこそ、それだけで嬉《うれ》しいに決まっていて。

ったく、涼真のやつ脅《おど》かしやがって。ちょっと真剣《しんけん》に考えちゃったじゃねーか。

しかし、もうそろそろ約束の二十時になろうとしていた。

時間が近づくにつれて、俺は心を落ち着かせるために家の中を見回してしまう。

俺以外の人の気配がない静かな部屋。それが、俺の家だ。

わけあって、現在、俺は2LDKの家で一人暮らしをしている。

といっても、別段深い理由があるわけではない。

親が長期の海外出張に行っているだけだ。姉もいるが、あのひとも一人暮らし。一緒《いっしょ》に暮らしてはない。この辺りは、ラノベ主人公の設定みたいだなぁ……と思うが、残念ながら、あいつらみたいなわっきゃうふふの生活を送れたことはない。

学生にしては、かなり良い待遇《たいぐう》で一人暮らしをさせてもらっていると思う。

まあ、時々、親が帰ってくるからなんだけど。

でも、このマンションに住んでいるのは基本的に家族だったり、当たり前だけど一人暮らしをしているのも大人ばかりだから、傍《はた》から見れば俺もそう思われてそう。

目つきのせいか、大人っぽく見られがちだしな、俺。

「……って、そろそろ二十時か」

いや、正確にはあと十分ぐらいあるんだけど——早めに出ておいた方がいいだろう。

靴《くつ》を履《は》くと、俺は玄関《げんかん》の鍵《かぎ》をかけてエレベーターで一階まで降りる。

だが、エントランスまで行くと、氷川さんは既《すで》に待っていた。

「す、すみません。お待たせしました」

「ううん、気にしないで。私がちょっと早く来ちゃっただけだから。それに、まだまだ待ち合わせの時間は過ぎてないし」

ふわりと微笑《ほほえ》む氷川さん。

氷川さんは初めて会ったときのように、清楚《せいそ》っぽい格好をしていた。

白いブラウスに、なんかひらひらがついたロングスカートで——って、俺、女の子の服について知らなすぎるだろ。

しかも、心なしか以前よりも化粧《けしょう》にも気合いが入っているように思えて。

……女の子って大変なんだな。

こんな時間まで、ちゃんとお化粧しておかないといけないなんて。お化粧は時間とともに取れてしまうことがあるとすら聞くのに、氷川さんはその辺は流石すぎる。まるで、俺との時間のためにわざわざ化粧をし直したかのようだ。

と、そこで。俺は氷川さんが鍋《なべ》を持っていることに気づいた。

中身は、カレー……だろうか？　でも、なんで鍋を？

俺の視線に気づいて、氷川さんは緊張《きんちょう》したように鍋を突《つ》き出してくる。

「あ、あの、これ良かったらどうぞ。その、迷惑《めいわく》じゃなければいいんだけど……一応、この前のお礼ということで」

「えっ？　い、いいんですか？」

「うん。朝につくり過ぎちゃったから、その、食べてもらえると嬉しいかな。霧島くん、一人暮らしでご飯をつくるのが大変って言っていたから、それで……あ、でも、味の方はあんまり自信がないから、お礼にはならないかもしれないけど」

「いや、そんなことないっす！　すげー美味《おい》しそうです！」

「そ、そう？　……それなら良かったかな」

胸に手をあてて、ふぅーっと息を吐《は》き出す氷川さん。

中身は、予想通りカレーだった。凄く香《こう》ばしい匂《にお》いがする。

量はありそうだけど、うん、カレーなら数日は持ちそうだし、食べられそうだ。

しかも、気になってる女の子の手作りなんて。嬉しくないわけがない。

「でも、朝からしっかり料理するなんて、やっぱ氷川さんって料理好きなんですね」

「や、やっぱりって。……私ってそんなに料理好きに見えるかな？」

「？　は、はい。個人的にはそうですけど……？」

「へぇー、そうなんだ。ふーん」

髪先をくるくると弄《いじ》りながら、それでも嬉しそうに口元を綻《ほころ》ばせる氷川さん。

その姿を可愛《かわい》らしく思ってしまい、俺は続けて言ってしまう。

「なんというか、氷川さんって家でもお洒落《しゃれ》な感じで過ごしてそうですし。そういう雰囲《ふんい》気《き》から、料理好きっぽいなって勝手に思ってました」

「そ、そうなんだ。……で、でも、まあ？　そういうことなくもないかな？」

「へぇー！　やっぱりイメージ通り、氷川さんってデキる大人みたいな生活を送ってるんですね！」

俺がそう言った途端《とたん》、氷川さんが「う」と一瞬《いっしゅん》だけ苦虫を嚙《か》み潰《つぶ》したような顔をした。

……どうしたんだろうか。もう元に戻《もど》ってるから、単に見間違《みまちが》いかもしれないけど。

取《と》り敢《あ》えず気にすることなく、俺は訊ねる。

「ってことは、氷川さんってもしかして家でもきっちりとしていたり？」

「そ、そう、ね……そ、そういうことも、なくもないかも」

「あとは、休日でも気を抜《ぬ》くことなく、お洒落な服とか着ていたりとか」

「っ」

「他にも、部屋の内装とかに超《ちょう》こだわってて凄《すご》くセンス良さそうですよね」

「……っ！」

「それから、料理も毎日しててキッチンとかも凄くピカピカで、俺みたいなずぼらにとっては見習う点が多そうっていうか――って、氷川さんさっきからどうしたんですか！　凄く苦しそうな顔してますけど！」

「だ、大丈夫《だいじょうぶ》だから。ほ、ほんと、大したことないから。その、気にしないで」

「そ、そうですか……？」

「うん、ちょっと死にたくなっただけだから」

「それはかなり重傷では⁉」

大丈夫だろうか。もしかして、さっきの苦々しげな表情って痛み的な何かを我慢《がまん》していたからなんだろうか。「大丈夫、大丈夫」と、氷川さんが繰《く》り返し言っているから、大したことはないんだろうけど。

けど。俺は鍋に視線を落としながら言う。

「でも、こんなの貰《もら》ったら、俺も氷川さんに何かお礼をしなきゃいけませんね」

「えっ？　そ、そんなの大丈夫よ？　そもそも、助けられたのは私の方なんだから」

「でも……」

俺のやったこととお礼が、ちょっと釣《つ》り合ってない気がする。いや、俺が氷川さんの手作りに必要以上の価値を見いだしている可能性はあるけど。だけど、それでもなぁ……

と、そのとき。

何かを思いついたように、氷川さんはハッと顔を上げて。

「……あ、あのっ、霧島くん。そ、それなら、一つだけ我儘《わがまま》を言ってもいいかな？」

「はい？　全然、大丈夫ですけど……」

「え、えーっと……実はね、最近、好きなアニメ作品がカフェとコラボを始めて。すっごく行きたいんだけど、ただ一人ではなかなか勇気が出なくて」

「……あの、もしよかったらでいいんだけど。その、一緒に行かない？　それが、霧島くんから私へのお礼ということで……」

頬《ほお》を紅潮させて、おずおずと見つめてくる氷川さん。

息を呑《の》む。だって、それはつまりデートをしてくださいと言われているようなもので。

氷川さんはわたわたと手を振《ふ》る。

「ご、ごめんねっ。きゅ、急に変なことを言っちゃって。や、やっぱりダメだよね――」

「い、いやっ、大丈夫です！　い、行きましょうそのカフェ！」

「ほ、本当っ？」

食い気味に反応して、嬉しそうに顔を近づける氷川さん。

しかし、その反応は過剰《かじょう》だったとでも感じたのか、氷川さんは慌《あわ》てたように身を引くと髪《かみ》を撫《な》でつけて。

「……じゃ、そういうことで。あっ、食べ終わったら教えてね。お鍋、取りに来るから」

「い、いえ、俺が持って行きますよ」

「そ、そう？　それならお願いしよっかな」

ふふっと口元を綻ばせる氷川さん。

それから、彼女は穏《おだ》やかに微笑んでこう言ったのだった。

「じゃあ。おやすみ、霧島くん――今度のお出かけ、私、楽しみにしてるね」

第三章

春休み。土曜日。

氷川《ひかわ》さんとお出かけする当日。

朝起きると、何故《なぜ》か、幼馴染《おさななじ》み（女）が家の中に勝手に上がり込んでいた。

……いや、嘘《うそ》だと思いたいんだけど本当なんだ。

しかも、少しも悪びれることなく、そいつはスマホで動画を見ながらくつろいでいて。

「あっ、拓也《たくや》さん。やっと起きたんですか？　おはようございます、お邪魔《じゃま》してまーす」

一目で陽キャラとわかる雰囲気を纏《まと》ったそいつは、ごろごろと寝返《ねがえ》りを打つ。

染められた明るい髪は肩《かた》ほどまであり、シュシュでまとめられていた。

ちょうど大人と子供の中間にある顔立ちは、一般《いっぱん》的には可愛いの部類に入るらしい。

付き合いが長いせいで、ちょっとピンとはこないけど。

スカートから覗《のぞ》く健康的な足は眩《まぶ》しく、パタパタと動かしているせいでちょいちょいパンツが見えそうになる。

こいつの名前は、小桜木《こざくらこ》乃葉《のは》。

所謂《いわゆる》、幼馴染みってやつだが――年齢《ねんれい》は、俺の一個下。まだギリギリ中学三年生で、この春から華《はな》の女子高生だ。

そして、俺が家を借りている大家さんの一人娘《ひとりむすめ》でもある。

木乃葉が家にいるのは、別段、珍《めずら》しいことではなかったりする。

ここ一年ぐらいは、俺の家のＷｉ‐Ｆｉを使うためとかで、時々遊びにきたりとかするし。何でも、スマホで動画を見たいらしい。俺の家では、ゲームのために高速なやつを契《けい》約《やく》してもらっているから都合が良いんだろう。

だから、木乃葉が家にいるのは別にいい。

もっと言うなら、家に勝手に上がり込んでいるのも、まあ、日常茶飯事《にちじょうさはんじ》だったりする。

大家さんの一人娘という特権を利用して、こいつは親から勝手に合鍵《あいかぎ》を拝借して遊びにきたりしているのだ。一応、注意はしているが……まあ、効果はご覧の通り。

だから、それらは今更《いまさら》なのだけど。

……こいつ、今日は何しに来たんだ？

動画を見るだけなら、別に今日じゃなくてもいいじゃん。

今日は、氷川さんとの予定があるんだからさ。正直、準備に集中したいんだけど。

俺が訝《いぶか》しげに見ていると、木乃葉はムッとしてスカートの端《はじ》っこを摑《つか》んで引っ張って。

「ちょっと、拓也さん。さっきから、なにエロい目で見てきてるんですか？　私が可愛いからって、そーゆーことやめてくれませんか？」

「はっ？　なんで、俺がお前なんかのパンツを見ると思ってんの？」

「どういう意味ですか、それ⁉」

どうもこうもない。そのままの意味である。

正直、こいつのパンツなんて見飽《みあ》きてるし、見たところで何とも思わない。

妹のパンツを見ても、何も思わないのと同じだ。

俺、妹いないから想像で言ってるだけだけど。

ってか、お前、自分で自分のこと可愛いって言うの止《や》めろよ。

「……で、木乃葉、お前何しに来たの？」

恨《うら》みがましい目つきで見てやると、木乃葉は唇《くちびる》を尖《とが》らせる。

「なんですか、その言い方。せっかく、今日は拓也さんをお誘《さそ》いに来たのに」

「お誘い？」

「はい。今日、私とデートしませんか♡」

「断る」

俺は即座《そくざ》に言い放った。

木乃葉はむーっと頬を膨《ふく》らませて、ぶんぶんと俺の腕《うで》を引っ張ってくる。

「えー、なんでですかー。私とデートできるんですよ？　一緒《いっしょ》に出かけましょうよー」

「前から思ってたけど、お前、自己評価結構高いよな……」

「行きましょうよー。全額、拓也さんの奢《おご》りでいいですからー」

「奢りでいいからってなんだよ！　さては、お前それが狙《ねら》いだな！」

「どうせ、なんかキモい小説を読むぐらいしか予定ないんですよね？　それなら、私に付き合ってくれてもいいじゃないですか」

「言い方！　お前みたいな奴《やつ》から見たら、そうなのかもしれないけどさ！」

一応、俺にとっては大好きな作品たちなんだよ。

悪く言われるのは、やっぱり良い気分はしない。

「そうじゃなくてさ。行けないのは、単純に予定があるんだよ」

「え？　でも、それって、アニメ見たりするとか、そういう予定ですよね？」

「流石《さすが》に、それで断ったりしねーよ！」

俺は一般的な常識について言ったつもりだったが、木乃葉は首をゆるゆると振って。

「いや、割とありますよ。最低、五回以上は」

「え、そうだっけ……？」

「はい、確か二週間前もそれで断られましたし。よくわからないですけど、一挙放送があるとかで、夜遅《おそ》くは無理だとか言ってました」

「…………あー、それは悪い」

思い出した。確かにそう言って断ったこともあった。

でも、あれは仕方ないんだよ。シュタゲの一挙放送がやってたんだから、見ちゃうだろ？　そういうもんだろ？

「と、とにかく、今回はそういうのじゃない。正真正銘《しょうしんしょうめい》ちゃんとした用事だ」

「じゃあ、言ってみてください。違《ちが》ったら怒《おこ》りますからね」

もし違ったら軽蔑《けいべつ》します、とでも言いたげに冷たい視線を送ってくる木乃葉。

こいつの視線への耐性《たいせい》がなかったら、心がへし折られているところだ。

まあ、でも、今回は本当にちゃんとした用事だからな。

俺は自信満々に答える。

「実は、本屋で知り合った女の子と遊びに行くんだよ」

「……最っ低ですねっ。そんな嘘までついて、私と出かけたくないんですか？　私、拓也さんのこと見損《みそこ》ないました」

「嘘じゃないからな!?」

木乃葉が汚物《おぶつ》を見るような目をするのに対し、俺は全力で叫《さけ》んだ。

「はっ？　拓也さんが、本屋で知り合った女の子と遊びに行くとか。そんなこと信じられると思います？」

「言いたいことはわかるけどさ！　マジなんだって！」

尚《なお》も熱く訴《うった》えかけると、木乃葉は呆《あき》れたように息をついて。

「……はいはい、拓也さんがそこまで言うならわかりましたよ。私も信じました」

「ほ、本当か？　それなら良かった――」

「本屋で？　知り合った？　女の子と？　遊びに行くんですよね？」

「絶対、信じてねぇだろ！」

「取《と》り敢《あ》えず、拓也さん病院に行きましょう。話はそれからです」

「俺が知り合った女の子と出かけるのって、そのレベルなの⁉」

一ミリも信じられていなかった。

悔《くや》しくて、俺は氷川さんとのトーク画面を見せる。

「ほら、これ見ろよ！　嘘じゃないからな！」

「はいはい。別に、そんなもの見せなくても………………え、嘘、マジですか？　拓也さんの言ってることとマジじゃないですか！」

「だから、最初からそう言ってんだろ」

「……いったい、拓也さんに何があったんですか？」

不審《ふしん》げな目で見てくる木乃葉。

涼真《りょうま》同様に、完全に疑われてる。こいつら、本当に俺のこと信用してないよな……

俺はこれまであったことを話す。

すると、木乃葉はふーんとわかったようなわかっていないような返事をした。

なんか、思ってたより反応が薄《うす》い。いったいどうしたんだ、こいつ？

「……そうですか。拓也さんが女の子と遊びに行くんですか。これは、いい傾向《けいこう》なのかも」

「おい、木乃葉？　どうしたんだ？」

「いえいえ。なんでもありませんよー？」

にっこりと笑顔《えがお》をつくる木乃葉。

いや、なんでもないってことはないだろ。明らかに、ぶつぶつ呟《つぶや》いてたしさ。

まあ、気にするなって言うなら気にしないけど。

「で、拓也さんはそのひとのことどう思っているんですか？」

「ど、どうって言われても……そ、それは、なんというか……」

「好きなんですか？」

「う、ご、ごほっごほっ」

あまりにストレートな問いかけに、俺は思わず咳《せ》き込んだ。

「……うっわー、わかりやす。ってか、唾《つば》とか普通《ふつう》に汚《きたな》いんですけど」

「そ、それは悪い……けど、お前が変なこと言うからだろ」

「別に変なこと言ったつもりはないですけど。でも、ふーん、そうなんだ……拓也さん、そのひとのこと好きなんですね」

「べ、別にそこまでは言ってないだろ！　少しは気になってるのは認めるけどさ……」

顔が熱くなる。

うわっ、気になってることを知られるのってこんなに恥《は》ずかしいのかよ。

こいつは昔から知っているだけに、なんかプラスで恥ずかしい。

でも、バレたならバレたで仕方ない。

これ以上恥ずかしいことはないだろうし、聞きたかったことを聞くしかない。

「……あのさ、ちょっと相談なんけどさ」

「なんですか？」

「もし、もし、だぞ？　たとえば、そのひとともっと仲良くなりたかったり、付き合いたいと思ってたら……ど、どうすればいいと思う？」

「え？　拓也さん、そこまで好きなんですか？」

「ち、違うって！　た、たとえばの話だよ！」

「たとえば、ですか……拓也さん、今日遊びに行くんでしたっけ？　それなら告っちゃえばいいんじゃないですか？」

「お前、何言ってんの⁉」

あまりにもテキトーに思える発言に、俺は叫んだ。

「さ、さっきも言っただろっ。俺たち、この間初めて会ったばっかなんだぞ？」

「恋愛《れんあい》に早いも遅いもありまんよ。出会ったのは一日前だろうが、一週間前だろうが、一秒前だろうが、告白するタイミングに決まりなんかありませんって」

いや。

流石に、一秒前はあると思う。

「いや、でもさ。その、三回遊びに行ったらみたいなこと言うだろ？」

「え、拓也さん。デートに三回も誘う度胸あるんですか？」

「う……」

確かに、ないけどさ。

ぐうの音も出ない正論だけどさ——そういう辛《つら》いことを真正面から言うなよ！

せっかくの勇気がなくなりそうになるだろ！

「それに、拓也さんどうせ駆《か》け引きとかできないんですし？　馬鹿《ばか》みたいに、真《ま》っ直《す》ぐ告白するのが一番合ってるんじゃないですか？」

「いや、馬鹿みたいにって……」

「言っておきますけど、女の子はいつまでも待ってるとか幻想《げんそう》ですからね？　可愛《かわい》い女の子なんて、他の男が放っておかないんですから」

「う」

「食《く》らえ、『可愛い女の子にはだいたい彼氏がいる』ビーム！」

「そういうこと言うの、やめてくんない！」

知ってるけど！　知ってるけどさぁ！

そういうことは考えないようにしてるんだよ！

だけど、木乃葉のアドバイスはその通りかもしれなかった。

恋愛経験のない俺に駆け引きなんてできるわけもない。

それならば、木乃葉の言う通りにすべきだとも思えて。

そのとき、木乃葉は上目《うわめ》遣《づか》いで顔を覗《のぞ》き込んできて。

「でも、まあ、もし失敗しても大丈夫《だいじょうぶ》ですよ」

「えっ？」

「フラれたときには、私が彼女になって拓也さんを慰《なぐさ》めてあげますから」

小《こ》悪魔《あくま》めいた笑みとともに、木乃葉が耳元で囁《ささや》いてくる。

私が彼女になって慰めてあげる。

その言葉に、ごくりと息を呑《の》む。

付き合いが長く、異性として意識したことがなかった幼馴染《おさななじ》み。

そんな女の子からの言葉でも、男としては反応してしまうのが性《さが》ってやつで——

「まあ、もちろん、拓也さんが毎月五万円貢《みつ》いでくれるならですけど」

「お前はＡＴＭとでも付き合ってろ」

俺は唾棄《だき》しながら、そう言い放った。

◇　◇　◇

「……ったく、木乃葉のやつ変なこと言いやがって」

それから、数時間後。

俺は落ち着いた雰囲気《ふんいき》の慶花町《けいか》駅を歩いていた。

待ち合わせ場所をどうするかってなったときに、お互《たが》いに慶花町駅が近いからここで集合することにしたのだ。目的地はここの駅じゃないけど、お互い近所に住んでるのにわざわざ現地集合にする理由もないし。

だから、俺は慶花町駅を歩いていたのだが……集合場所にはなかなか辿《たど》り着かなかった。

単純な理由。

道中で何度もトイレに入ったりして、髪形《かみがた》などの身なりを確認《かくにん》してしまったからだ。

いや、髪形や身なり程度で、俺の怖《こわ》い顔が変わるわけじゃないけどさ。や、やっぱ、一番良い状態でいたいじゃん！　わかるよな？　きっと、みんなこんなことしてるよな？

しかし、それでも、待ち合わせ場所――駅の交番前には徐々《じょじょ》に近づいていって。

結局、早く出すぎたせいで、俺は三十分前に交番前に辿り着いてしまっていた。

……しまった、どうしよう。流石《さすが》に、氷川さんいないだろうし。かといって、時間を潰《つぶ》すような場所って言われてもなぁ。

取り敢えず、駅前の本屋さんに入るか。……ラノベでも見てたら落ち着くだろ、多分。

そう心の中で決める否《いな》や、俺は駅前にある本屋さんの方へと靴先《くつさき》を向け。

「……あれ？」

ふと、視界に見たことある人影《ひとかげ》が映った。

氷川さん、だ。

彼女は三十分前だというのに、既《すで》に待ち合わせ場所近くの柱の横に立っていた。

数秒ごとにそわそわして、氷川さんは近くの建物の窓ガラスに顔を向けたりしている。

距離《きょり》があるせいで正確にはわからないが、何か呟きながら髪《かみ》を弄《いじ》っているようにも見える。

えーっと……何してんだ、あのひと？

取り敢えず声をかけるために、俺は近づいていって。

ある程度、距離を詰《つ》めると、氷川さんの声が聞こえてくるようになる。

「……えーっと、か、格好はこれで変じゃないよね。霧島《きりしま》くんが、こういうの嫌《きら》いじゃなかったらいいんだけど……うん、髪の毛も大丈夫だよね」

氷川さんは何度も窓ガラスで自分の姿を確認し、髪の毛に手櫛《てぐし》を通していた。

それから、指で口角をあげて窓ガラスににこっと笑ってみせる。

そのとき。

にこっと笑った氷川さんと窓ガラス越《ご》しに、視線が合ってしまって。

「…………」

「…………」

「……あの」

「な、なあに？　私は今来たところなんだけど、霧島くんも？」

「いや、でも、今、氷川さん――」

「私は今来たところなんだけど、霧島くんもかなっ⁉」

有無を言わせない調子だった。

氷川さんは真っ赤な顔で、涙目《なみだめ》とともにぷるぷると震《ふる》えていた。

恐《おそ》らく、これ以上、この話題には触《ふ》れるなってことだろう。

――そこで。

初めて、俺は氷川さんの今日の格好をマジマジと見た。

これまでとはまた少し違《ちが》った、春らしい色合いの清楚《せいそ》なワンピース。

優《やさ》しい年上のお姉さんみたいで、正直、滅《め》茶《ちゃ》苦《く》茶《ちゃ》ドストライクな格好だった。

思わず見《み》惚《と》れてしまう。

俺の視線に気づくと、氷川さんは恥ずかしそうに自分の服装に視線を落として。

「そ、その……ど、どうかな？　友達からおすすめされた服なんだけど、普段《ふだん》ワンピースとか着ないからよくわからなくて……へ、変じゃない？」

「え、えっと……その、俺、ファッションとか疎《うと》いから、あんまり流行とかわからないんですけど……でも、すげー可愛いですよ？」

「～～っ！　そ、そう？　あ、ありがとっ」

照れているのか耳まで真っ赤にし、口元を嬉《うれ》しそうにもにょもにょとさせる氷川さん。

拙《つたな》い言葉なのに、そこまで喜んでもらうとなんか照れ臭《くさ》い。

俺も顔が熱くなるのを感じる。

「そ、それじゃ、そろそろ行こっか」

未《いま》だに顔を赤くしたまま、氷川さんは穏《おだ》やかな微笑《びしょう》を向けてきて。

「霧島くん、今日はよろしくね」


それから、俺たちが向かったのは東京テレポート駅だった。

東京テレポート駅っていうと、どこかわからない人も多いかもしれないが――端的《たんてき》に言えば、お台場の最寄り駅だ。お台場がわからない人は、リア充《じゅう》と陽キャラが蔓延《はびこ》っている忌《い》むべき場所と覚えてくれれば問題ない。

まあ、そんな場所に、俺は氷川さんと遊びに来てるんだけど。

しかし、ここまでは自分でも驚《おどろ》くぐらい上手《うま》く行っていた。

それはもう俺みたいな恋愛経験どころか――誰《だれ》かと遊びに行く経験すらない奴《やつ》には珍《めずら》し

いぐらいに。単純に、氷川さんがいい人だからってのもあるのだろうけど。

だが、

「……って、えっ。うわっ、雨が降ってる……」

駅から出ると、いつの間にか外では雨が降っていた。

しかも、雨足はかなり強い。一応、濡《ぬ》れないように歩くこともできるが――これだけ勢いが強烈《きょうれつ》なら、傘《かさ》を差した方がいいに決まっていて。

……でも、俺、傘なんて持ってきてたっけ？

鞄《かばん》の中に傘なんて入れた覚えがない。し、しまった。服には気を回してたけど、天気までは確認できてなかった。まさか、ここで想定外のことが起こるなんて……

手探《てさぐ》りで鞄の中を漁《あさ》るが、もちろん傘なんて入ってるわけがなくて。

「もしかして、傘、持ってきてない？」

ぱさっ。――突然《とつぜん》、頭上に傘が広げられる。

隣《となり》では、氷川さんが折りたたみ傘を掲《かか》げて立っていた。

彼女は可愛らしく首を傾《かし》げ。

「……持ってきてないなら、霧島くん、私の傘の中に入る？」

「い、いや、大丈夫ですっ。傘が小さいから、俺が入ると氷川さんが濡れちゃいますし。お、俺は濡れても大丈夫なんで」

「それは、駄目《だめ》。風邪《かぜ》を引いちゃったら、どうするの？」

ムッと、たしなめるように睨《にら》んでくる氷川さん。

けれども、全く怖くない。むしろ怒《おこ》っている姿も可愛い。

まともに直視できず、俺は氷川さんから視線を逸《そ》らす。

「で、でも、実際傘は小さいですし――」

「でも、じゃないでしょ。それに、傘については大丈夫。ぴったり近づけば、二人でも入れるから。ほら」

言って、ほとんど肌《はだ》が触れ合う距離まで密着してくる氷川さん。

傘の中にきっちりと入ると、「ほらね？」とでも言いたげににっこりと微笑《ほほえ》む。

ほらね、じゃない！

これなら確かに濡れないけど、緊張《きんちょう》してそれどころじゃない！

しかも、なんか良い匂《にお》いするし！　時々、当たる腕《うで》とか柔《やわ》らかいし！

「あ、あの……せめて傘を持たせてください。ただ入れてもらうのも気が引けるんで」

「そう？　じゃあ、お願いしようかな。はい」

差し出された傘を、俺は受け取る。

それから二人で一緒《いっしょ》の傘に入って歩くが、今までこういう経験がないせいか上手いやり方がさっぱりわからない。必死に傘を動かすが、その度《たび》に身体が触れ合ったりして、緊張で傘を持ってる手が震えてしまう。

えっ？　ど、どうすれば、氷川さんを濡らさずにできるんだ？

「霧島くん？　そんなに、こっちに寄せなくても大丈夫だよ？　君の肩《かた》が濡れちゃうし」

「そ、そう言われても、借りたものですし……」

「ふふっ、そんなに遠慮《えんりょ》しなくてもいいのに。それに、まだまだ、私の方には空きがあるから。だから、ほら、ね」

綺麗《きれい》な細い指で、氷川さんがそっと俺の傘を持つ手を動かす。それだけで、俺は頬《ほお》が熱くなっていくのを感じてしまう。

……っていうか、これ、相合傘《あいあい》だよな。

え、こんなあっさりするものなの？　き、気にしている俺がおかしいのか？

氷川さんは全く気にしてないのか？

チラッと、俺は隣の氷川さんの様子を窺《うかが》うと――

「…………（赤面＆硬直《こうちょく》）」

まるで自分が何をしたか今気づいたように、氷川さんは固まっていた。

自分からやったのに、明らかに照れている。

氷川さんは頬を染めたまま、恥《は》ずかしそうに微笑む。

「な、なんか照れるねっ。さっきまでお喋《しゃべ》りをしてたはずなのに緊張しちゃって……」

「そ、そうっすね」

「…………」

「…………」

俺たちは黙《だま》り込んでしまう。

なんというか、嬉しさと羞恥心《しゅうちしん》が半々ぐらいで同居していて……その、端的に言うと凄《すご》く恥ずかしい。

だけれど、意識すればするほど、またもや傘が揺《ゆ》れて動いてしまって。なんとか氷川さんだけは濡らさないように努めてはいるが、代わりに俺が濡れてしまって。

そのとき。

「っ」

突然、氷川さんがぴったりと身を寄せてきた。

隙間《すきま》なんてなく、完全密着してしまっている。それどころか、触れた箇所《かしょ》から仄《ほの》かな熱が伝わってくるような気すらして。

え、えっ？　な、なんで、氷川さんこんなことしてるんだっ？

内心驚いていると、氷川さんは頬を赤らめたままチラッと見てきて。

「そ、その……こうすればもう濡れないと思うから、ね？」

「そ、そうですね」

俺はこくこくと頷《うなず》く。

氷川さんの行動の真意はわからない。

だけれど、取《と》り敢《あ》えず今は、偶然《ぐうぜん》から生まれた相合傘に感謝することにした。


それから、相合傘で歩くこと十分――

俺たちは目的地であるアニメコラボしているカフェにやってきていた。

カフェに入ると、出迎《でむか》えたのはアニメの世界観に沿った光景で。まるで、このカフェだけが異世界になったかのようだった。

ここで補足しておくと、このカフェがコラボしている作品は『アオの奇跡《きせき》』というタイトルのアニメだ。アニメオリジナルながらも根強いファンの人気から、ついに三期まで制作され――少し前には、劇場版まで出た超人気《ちょうにんき》コンテンツである。

内容の説明もしておくと、『アオの奇跡』はファンタジー要素をがっつり交えながらも現代を舞台《ぶたい》にした群像劇モノだ。

メインはバトルだが、コメディも、青春も、友情も、恋愛《れんあい》要素もある。

某《ぼう》少年向け漫画《まんが》雑誌で連載《れんさい》されていそうなテイストだったが、イケメンの男性キャラを中心に話が展開していくせいか、女性人気も非常に強い作品だった。かといって、男性人気が弱いわけではなく、どっちも楽しめるって感じの作品だ。

氷川さんが事前に予約をしてくれていたのか、俺たちがカフェに入ると、店員さんにスムーズに案内される。

店内の食事スペースも、アニメの世界観に染められていた。

それぞれの席が、アオの奇跡のどこかしらのシーンに沿っているらしい。

そうして店内をくねくねと歩いて、俺たちが辿《たど》り着いたのは——

「えっ？　これ、アニメ十六話に出てくる教会じゃないですか？」

個室席というのだろうか。

部屋の中はカラオケみたいに大小それぞれのソファとテーブルが設置されており、装《そう》飾《しょく》はアニメのシーンを彷彿《ほうふつ》とさせるようにつくられていた。アニメに出てくる『教会』にそっくりすぎる。ここに来たいと言う氷川さんの気持ちもよくわかった。

「ふふっ、凄いよね。私も初めてネットで見たときに、びっくりしちゃった」

すげーすげーと小学生並みの感想を繰《く》り返す俺を見て、氷川さんは微笑む。

しかし、その瞳《ひとみ》は子供のようにキラキラと輝《かがや》いていて。

うん、氷川さんもやっぱり興奮しているらしい。わかる。これほど精緻《せいち》に再現されてたら、オタクならそうなっても無理ないと思う。

「じゃ、霧島くん座ろっか」

「はい、そうですね…………えっ？」

「ん？　ど、どうしたのかな、霧島くん？」

不思議そうに、しかし、ほんのりと頬を赤らめたまま首を傾げてくる氷川さん。

だが、それでも、疑問に思わずにはいられない。

だって、氷川さんが当たり前のように俺の隣に座ってきたのだから。

……いや、確かに対面の席は狭《せま》いし、俺の隣には座れなくもないんだけど。でも、一緒に座るということは必然的に密着してしまうわけで。

俺は思わず対面の席を指差してしまう。

「あ、あの、氷川さん……向こうの席の方が広いですよ？」

「うん、そうだね」

「…………」

「…………」

まさかのスルーだった。

え、ちょっと待ったそんなことってあるか⁉

それとも、俺が知らないだけで世間ではこういう席は一緒に隣に座るものなのか⁉

「……え、あの、氷川さん？　なんで、隣に？　あっちの席が空いてますけど——って、どうして急に対面の席に荷物を⁉　しかも、今、俺が言ってから始めませんでした⁉」

「ほら、霧島くんも荷物貸して？　置いてあげるよ？」

「あ、ありがとうございます。で、でもですね。俺のも氷川さんの荷物も、足下《あしもと》にある荷物ケースを使えばいいと思うんですけど——」

「あの、店員さんこれ片付けてもらってもいいですか？（荷物ケースを手渡《てわた》しながら）」

「だから、どうして氷川さんは頑《かたく》なに荷物を席に置きたがるんですか⁉」

わからない！　氷川さんがさっぱりわからない！

しかし、荷物を対面の席に置くと、氷川さんは「ここにしか座れないから仕方ない」とでも言わんばかりに隣に座ってくる。

……う、うん、これはきっと気になってる俺がおかしいんだろう。

俺が経験がなさすぎて知らないだけで、きっとこの距離《きょり》感であってるんだ。

俺も覚悟《かくご》を決めて、そのまま氷川さんの隣《となり》に座り続けることにする。……が、やっぱり肩が当たったり、手の甲《こう》が触《ふ》れ合ったりして気が気じゃない。

氷川さんはどう思っているんだろう？

流石《さすが》に疑問に思ってしまって、俺は恐《おそ》る恐る氷川さんの方を窺うと。

「…………………（赤面＆硬直）」

氷川さんは何故《なぜ》かかちこちに固まって座っていた。

まるで、相合傘《がさ》のときのようにぴしりと固まってしまっている。

それどころか、熱でもあるのか顔が上気していて。

「あ、あの、氷川さん大丈夫《だいじょうぶ》――」

「う、うん、大丈夫だから。ちょっと狭いところに一緒に座ってるせいで、少し体温が上がってるだけだから」

「それなら、尚《なお》のこと、向こうの席の方に座った方がいいと思うんですけど！」

だけれど、やっぱり氷川さんは頑なに譲《ゆず》ろうとしなかった。

ま、まあ、俺としては別にいいんだけどさ……でも、こんなに密着されてしまうと、正直勘違《かんちが》いしそうになる。

そんな風に意識してしまったせいか、俺たちの間には妙《みょう》な雰囲気《ふんいき》が漂《ただよ》って。

そのタイミングで、氷川さんがバッと顔を上げて提案してくれる。

「じゃ、じゃあ、取り敢えず何か頼《たの》もっか。霧島くんは何を食べたい？」

「そ、そうですね。えーっと、どんなのがあるんですか？」

気分を切り替《か》えるように、メニュー表を覗《のぞ》き込む。

それから距離《きょり》が近いことにも慣れてきたのか、俺たちはわいわいと言い合いながらメニュー表を見て。

そうして三十分後には、俺たちは軽食を食べ終わっていた。

頼んだのは、アニメに出てくるキャラをイメージしたランチメニュー。特典としてキャラのコースターが添《そ》えられており、これだけで来た価値があったなと思わされてしまう。

それにしても、やっぱりここにいると、否《いや》が応でもアニメのことを意識してしまって。

「……なんか、ここにいると、アニメのこと思い出しちゃいますよね」

「あっ、霧島くんも？　実は、私も」

そんな感想を漏《も》らすと、悪戯《いたずら》の共犯を見つけた子供のように笑ってみせる氷川さん。

俺は言う。

「『アオの奇跡』の十六話。この個室がモチーフになってるあの話、良かったですよね」

「あっ、霧島くんもそう思う？　そ、そうだよね。特に、アレスが教会の前でセレスティアに告白するシーンとかはとっても良いよね」

思い出すように目を細める氷川さん。

よっぽど、その話がお気に入りなんだろうか。

ちなみに、アレスとは『アオの奇跡』に出てくる主力級のイケメン男性キャラである。見た目はヤンキーっぽく、性格もぶっきらぼうだが、根はとても優《やさ》しいキャラクターだった。非常に女性人気が強く、作中でもかなりフィーチャーされていたはずだ。

氷川さんは楽しそうに続ける。

「元々、スラム街の札付きの不良だったアレスが、お嬢様《じょうさま》だったセレスティアに拾われて改心してっ。それから専属の従者として働きながらも、セレスティアへの恋心《こいごころ》を抑《おさ》えきれず——最終的には告白って凄く素敵《すてき》だよねっ」

「そうですね！　教会前で指輪を渡《わた》すシーンとかもグッときますし！」

「わかるわかるっ。しかも、あれってただの指輪じゃなくて、アレスが幼い頃《ころ》から肌身《はだみ》離《はな》さず持っていたお母さんの形見っていうのも、セレスティアを大事に思っていることが伝わってきていいよねっ」

物凄く好きなのか、とても熱く語る氷川さん。

だが、過剰《かじょう》な反応をしすぎたと思ったのか、氷川さんはハッとすると、ぱたぱたと手で顔を仰《あお》ぎながら照れたように言葉を口にする。

「ご、ごめんねっ。ちょっと熱が入っちゃって……その、アオの奇跡は、私にとって特別なアニメだから」

「特別なアニメ？」

「うん。私にとって『アオの奇跡』は初めて見た深夜アニメで、大好きになった初めてのアニメだから。だから、多分、今まで見てきた作品のなかで一番好きかな。さっき話した十六話はその中でも特に。私、アレス推《お》しだから」

氷川さんがはにかみながら、だけれど、芯《しん》の通った口調で語る。

それだけで、氷川さんがこのアニメが本当に好きなんだなってことがわかった。

だからか、俺は思わずそんなことを言ってしまったのだろう。

「なんか、氷川さんと話してたら久々にアニメも見たくなってきました。俺、円盤《えんばん》買うほどアニメ好きだったんですけど、もう長いこと見てなくて――」

「本当っ？　それなら、今ここにあるんだけど見るっ？」

途端《とたん》に食いついてくる氷川さん。

返事をする前に、氷川さんはすすすっと近づいてくる。

ソファ席だからか、それはもうがっつり密着して座っているみたいなもので。

え、ち、近っ！　さ、流石に、もうちょっと離《はな》れた方が……

「あ、あの、氷川さん……その、距離が」

「ん？　きょ、距離がどうしたの？　私は、君とこれから一緒《いっしょ》にアニメを見るために近づいてるだけだよ？」

不思議そうに首を傾《かし》げる氷川さん。

だが、口元に浮《う》かぶ笑《え》みが小悪魔《こあくま》めいたものに見えるのは、俺の気のせいだろうか。いや、気のせいなんかじゃない。たぶん。

……まあ、その一方で、氷川さんも照れてるのか顔を真っ赤にしているんだけど。

しかし、そうしている間に、アニメを見るためのセッティングが終わる。

氷川さんはスマホにイヤホンを挿《さ》すと、片方のイヤピースは自分が持って。

「はい、霧島くんはこっち側をつけて」

反対側を差し出してくる。

え、えーっと……これって、イヤホンをつけてくれってことだよな？

え、さっきから、氷川さん本当にどうしたんだ？　だんだん、どこまでが普通《ふつう》なのかわからなくなってきたんだけど。こういうことって普通にするものなのか？　それとも、俺が考えすぎなのか？

「……あれ、霧島くん見ないの？」

俺が硬直《こうちょく》していると、氷川さんが小悪魔めいた笑みとともに――しかし、どこか精一杯《せいいっぱい》といった調子で訊《たず》ねてくる。

……あー、なんつーかズルい。

そんな風に可愛《かわい》く言われたら、断るなんて選択肢《せんたくし》があるわけがなくて。

「じゃあ、再生するね」

二人で一緒のイヤホンをつけた後。

氷川さんがスマホを机に置いて動画配信サービスで『アオの奇跡』を再生するが――ぶっちゃけ、俺はそれどころじゃない。

イヤホンを共有しているせいか、さっきよりも距離が更《さら》に近いし、ふんわりと良い匂《にお》いもするし、時々腕《うで》に柔《やわ》らかい感触《かんしょく》もするし――って、こんなの集中できるか！

こんな状況《じょうきょう》で、アニメに入っていけるわけないだろ！

チラッと横を窺《うかが》うと、興奮気味に事細かに解説してくれる氷川さん。

アニメに合わせて一喜《いっき》一憂《いちゆう》するその姿に可愛いなと思いつつも、俺もいつの間にか引き込まれていって。

——今の俺はまだ弱くてお前を守れるほど強くねぇかもしれないけど。

——たくさん鍛錬《たんれん》して、努力して、いつか絶対になってやるからさ。

——だから、俺と結婚《けっこん》してください。


今、画面に映っているのは、俺たちが先程《さきほど》話していた場面——アレスの告白シーンだった。見晴らしの良い荘厳《そうごん》な教会の前で、アレスが女性キャラに指輪を渡している。

このシーンは、放送当時から人気を博したところだ。

氷川さんもそうなのか興奮気味の口調で話す。

「ね、ねっ？　このシーン、とても良いと思わない？　霧島くんもそう思うよね？」

「そ、そうですね」

「やっぱり、本当に何度見ても良いよね。……一度で良いから、こんなプロポーズされてみたいなぁって思っちゃうし。霧島くんも、そう思うよね？」

「流石に思いませんよ！」

男からのプロポーズを見て、流石に羨《うらや》ましいとは思わない。名シーンだとは思うけど。

しかし、そんな感じで、俺たちは感想を言い合いながらアニメを見て——

気がつけば、ＥＤまで辿《たど》り着いていた。

それを視認《しにん》すると、氷川さんはふぅと息を吐《は》き出して。

「霧島くん、よかったら、次の話も……見、る……？」

そこで、ぴたっと固まった。

でも、それも無理ないと思う。……だって、イヤホンを共有していたせいか、俺と氷川さんの距離はキスができそうなほど近づいていて。何度も言おうとは思ったけど、楽しそうにしていたから邪魔《じゃま》するのも忍《しの》びなくて、俺は黙《だま》っていたんだけど。

「あ、あっ……わ、私……」

今更《いまさら》、現状を思い出したのか硬直する氷川さん。

一拍《いっぱく》置いてスマホを摑《つか》むと、氷川さんはバッと凄《すさ》まじい勢いで立ち上がる。

「わ、私、ちょっと席を外すね！　ご、ごめんね！」

そう言って、ぱたぱたと駆《か》けていく。

……なんか、アニメを見てただけなのに凄《すご》い疲《つか》れたな。

俺は小さく息を吐き出して、席に身体を預けた。

それから、俺たちは色々な場所を巡《めぐ》った。

一緒に、ゲームセンターに行ってガンシューティングのゲームをしてみたり。

本屋さんで、お互《たが》いにおすすめのライトノベルを紹介《しょうかい》しあったり。

アニメショップに行って、色んなグッズで話に花を咲《さ》かせてみたり。

そうして——


「く、くくっ……あのとき、氷川さん、ゲームのゾンビに怖《こわ》がって全然ダメでしたよね」

「も、もう、霧島くん！　さっきも言ったでしょ！　あ、あのときはちょっと調子が悪かったただけなのっ」

「わかってますわかってます。調子が悪かったんですよね？」

「もぅ……霧島くん絶対に信じてないよね。いい加減にしないと、私、怒《おこ》るよ？」

「すみません。なんか、氷川さんの反応が予想以上に面白《おもしろ》かったんで。……許してもらえませんか？　このゲームの景品あげますから」

「だーめ。絶対に許しませんっ。これは一応貰《もら》っておくけど」

言いながら、ぷいっと子供のように拗《す》ねた様子を見せる氷川さん。

だが、これまでの付き合いのなかで、それはわざということはわかっていて。

そんな茶番に、俺と氷川さんは口元を緩《ゆる》めて同時に笑ってしまう。

あれから、もう何時間も経《た》っていた。

今は、帰宅途中《とちゅう》。氷川さんと一緒に歩きながら視線を上げると、闇色《やみいろ》の空のなかに明るい月が浮かんでいるのが見えた。

笑い声を小さく漏らしながら、氷川さんは嚙《か》み締《し》めるように言葉を紡《つむ》ぐ。

「……今日は、とっても楽しかったかな。その、霧島くんと一緒にお出かけできて。本当にありがとね、霧島くん」

「いえ、俺も楽しかったです。こちらこそありがとうございました」

「ふふっ。霧島くんと会ってからずっと楽しいことばかりで……あのとき、霧島くんみたいな男の子と出会えて本当に良かった。今日みたいに、オタクトークもできるしね」

「う……」

にっこりとした笑顔とともに無自覚そうに、しかし、だからこそ破壊《はかい》力抜群《ばつぐん》な台詞《せりふ》を口にする氷川さん。

このひと、こういうところあるよな……無意識に殺しにきているというか。

こんなの、勘違《かんちが》いしてしまってもおかしくない
でも……今日はこれで終わりだが、この調子なら、また氷川さんと会うことはできるはずだ。木乃葉からは今日「告白」と言われたが、それも急ぐ必要もない。ほら、うん、そ

んなに焦《あせ》っても仕方ないし。断じて告白するのが怖いとか、そういうわけではない。

だけれど、

──言っておきますけど、女の子はいつまでも待ってるとか幻想《げんそう》ですからね？

──可愛い女の子なんて、他の男が放っておかないんですから。

「……どうしたの、霧島くん？　急に足を止めて」

「い、いえ、なんでもありません」

氷川さんが不思議そうに覗《のぞ》き込んでくるのに、俺は何とか笑顔で返す。

そうだ。

今は、氷川さんと良い感じかもしれないが──この関係性が、いつまでも続く保証なんてない。むしろ、自然と終わってしまう方が可能性としては高いんだろう。

それどころか、氷川さんが他の男と付き合う可能性の方がずっと高くて。

そんなことを想像した途端、ずきりと心が痛む。

そうしているうちに、俺たちはいつの間にか互いのマンションの前までやってきていて。

「じゃ、そろそろ……その、お別れかな」

氷川さんがふわりと微笑《ほほえ》む。

だけれど、氷川さんの足はなかなか動かなかった。

いったい、どうしたんだ……？

不思議そうに見ていると、彼女はそっと上目遣《うわめづか》いで覗き込んできて。

「あ、あのねっ……その、君に伝えたいことがあるんだけど」

氷川さんの頰《ほお》は上気していた。それどころか緊張《きんちょう》でもしているのか、彼女の視線がそわそわと辺りを彷徨《さまよ》って。口が小さくパクパクと動いて。

ごくりと息を吞《の》む。

だって、その表情は、まるでこれから告白でもするかのようで――

しかし、それ以上の言葉が紡がれることはなかった。

「――ううん、やっぱり何でもない」

しばしの間の後、氷川さんは優《やさ》しい微笑《びしょう》とともに言ってきた。

「じゃあ、またね。おやすみ、霧島くん」

ぺこりと頭を下げると、マンションのエントランスへと消えていく氷川さん。

それを見送って、俺は小さく息を吐き出した。

マンションの前にあるベンチに座って、地べたに視線を落とす。

そんなことは絶対にないとわかっているけれども……でも、告白されるかと思った。

それぐらい、氷川さんの表情は恋《こい》する乙女《おとめ》のような表情をしていて。

そして、そうではなかったことを残念に思っている自分に気づいていた。

理由はわかっている。

本心を言うなら、そう、俺はこのまま氷川さんとの関係をずっと続けてたくて。もっと一緒《いっしょ》に色んなところに行きたくて。他の誰《だれ》にも渡《わた》したくなくて。つまり、

「……好きです、氷川さん」

誰もいないからか、その言葉は自分でもびっくりするほどするっと零《こぼ》れ出た。

でも、それは、どうしようもない俺自身の気持ちだった。

趣味《しゅみ》が合って、とっても優しくて。

それだけじゃなくて、あんなに綺麗《きれい》で可愛い先輩《せんぱい》で。

——あの、もしよかったらでいいんだけど。その、一緒に行かない？　それが、霧島くんから私へのお礼ということで……

——な、なんか照れるねっ。さっきまでお喋《しゃべ》りをしてたはずなのに緊張しちゃって……

——それは、駄目《だめ》。風邪《かぜ》を引いちゃったら、どうするの？

そんな女の子を好きにならないわけがなかった。

自分でもそう確信してしまうほど、俺はもう氷川さんのことが――

「……ほんと、霧島くん？」


俺の名前を呼ぶ声が、さっきまで言葉を交《か》わしていた女の子の声が、響《ひび》く。

弾《はじ》かれたように、顔を上げる。

目の前。――そこには、帰宅したはずの氷川さんが何故《なぜ》か立っていた。

◇◇◇

「あ、えっ、ちょっ、いや、なんで――」

ちょっと待ったちょっと待ったちょっと待った！

なんで、氷川さんがここに――いや、その前に聞かれていたのか、さっきの!?

混乱しすぎて、目の前の状況《じょうきょう》が処理できない。

氷川さんはしきりに髪《かみ》の毛の先を弄《いじ》りながら、

「……え、えーっと、マンションから霧島くんがベンチに座ってるのが見えたから……だから、その、戻《もど》ってきちゃったんだけど……」

言って、氷川さんは顔を真っ赤にしながら上目遣いで問うてくる。

「……その、さっき、霧島くんが言ってたこと……ほんと……？」

「い、いや、さっきのは、違──」

う、と言いかけて、俺は思い止《とど》まった。

違う、と言うのは簡単だ。

だけれど、それは仮にも氷川さんの前でこの恋心を否定してしまうわけで。

少なくとも、俺は氷川さんの前でそんなことはしたくなかった。

「はい、本当です」

氷川さんの目を真《ま》っ直《す》ぐに見つめて、俺は言う。

馬鹿《ばか》みたいに激しく鼓動《こどう》する。頭が真っ白になる。今すぐ、ここから逃《に》げだしたい衝動《しょうどう》に駆られる。

だけど、そうはしなかった。

「好きです、氷川さん」

繰《く》り返す。退路を塞《ふさ》ぐように。自分の気持ちを確認するように。

木乃葉には「どうせ駆け引きなんてできないんだから、馬鹿みたいに告白すればいい」

と言われたが、その通りだ。

俺には駆け引きなんてできない。気の利《き》いた言葉なんて言えない。

だから、馬鹿みたいに、愚直《ぐちょく》に、彼女への想《おも》いを口にする。

少しでも、彼女にこの想いが伝わってくれればと願いながら。

「だから、俺と付き合ってください」

声は震《ふる》え、手汗《てあせ》でびっしょりで、足はがくがくと揺《ゆ》れていたが、俺はそれでも何とか言い切った。

それ以降の時間は、生殺与奪《せいさつよだつ》を握《にぎ》られた気分だった。

まともに、氷川さんの目が見られない。

とてつもない不安で押《お》し潰《つぶ》されそうになって、自然と呼吸が早くなる。

それでも、結末を見届けるために、俺は顔をあげて。

「～～～～～～～～～～～～～っ」

氷川さんは唇《くちびる》をもにゃもにゃとさせながらも、頬を紅潮させて立っていた。

「あ、あの、ちょ、ちょっと待ってね」

そう言って、くるりと反転して背を向けてしまう氷川さん。

え、どうしたんだ？　こ、これはどういうことだ？

バクバクと心臓を鳴らしながらも見守っていると、氷川さんは背中を見せたまま、「ひっひふー」と繰り返して呼吸する。……いや、本当にどういうことなんだろう。

そうして、しばしの間の後。

彼女がこちらを向く。すると――


煌《きら》めくような月夜のもと。

氷川さんはとびっきりの笑顔を浮《う》かべていて。


「霧島くん」

思わず見惚《みと》れていると、彼女が優しい声音《こわね》で呼びかけてくる。

視線が絡《から》み合う。

氷川さんは桜色の唇を動かして、そっと、綺麗な音を奏《かな》でる。

今まで見てきたなかで一番の素敵《すてき》な笑顔とともに。

「私も霧島くんのことが好きです」

「――これから、よろしくね」

高校一年生の春休み。

こうして、俺と氷川さんは恋人《こいびと》になった。

◇　◇　◇

一週間後。

春休みが明けた四月。

慶花町の街を歩きながら、俺は慶花高校へと続く長い坂を登っていた。

傾斜《けいしゃ》は大きく、春だというのに大粒《おおつぶ》の汗が額につくられるほどの重労働。ほんと、この坂を登るたびに、なんでこの高校に行くことを決めたんだろうなぁって思う。

今日から、新学年――つまり、俺は高校二年生だ。

先日、入学式もあったようで、新入生らしき生徒も散見される。なんでわかるかというと、この坂を歩き慣れていない感じが表情に出てるから。途中《とちゅう》で何度も足を止めてる姿を見ると、なんだか応援《おうえん》したくなってしまう。

それとは別で、高校生に交じって私服の若者の姿もちらほらと見える。

これは、慶花高校が大学と同じ敷地《しきち》内に建てられているせいだ。

といっても、高校は正門のすぐ近くにあるが、大学の建物は正門から歩いて十分もかかる。実質、別の場所と言っても過言じゃない。

「っ」

心地《ここち》よい春の風が、髪を撫《な》でる。

空を仰《あお》ぐと、雲一つない蒼穹《そうきゅう》が広がっていた。

それは、まるで俺たちのことを祝福しているみたいで。

いやー、それにしても、俺もついに彼女持ちでリア充《じゅう》かー。

まあ？　最初に、才能うんぬんの話をした気もするけれど？　そういう意味では、俺にはそっちの才能があったっていうか？

ほんと、困っちゃうなー。

才能に溢《あふ》れてて、俺、やっべぇわー。

「……あの、拓也さん。なんで、一人でニヤニヤ笑ってるんですか？　キモいですよ」

その声に、パッと横を向く。

すると、木乃葉がドン引きしたような表情で立っていた。視線がゴミを見るそれと何も変わらない。

木乃葉は大袈裟《おおげさ》に身を引きながら。

「拓也さん目が怖《こわ》いんですから、往来でそんな顔しちゃ駄目ですよ。他の人が怖がるじゃないですか」

「いや、そんなこと言われてもさ」

「下手すりゃ、犯罪ですよ」

「俺、笑ってるだけなのに⁉」

そんな気持ち悪い顔してたの、俺⁉

確かに、浮かれてはいたけどさ。……そこまで言わなくていいじゃねーか。

しかし、口に出すと余計に言われそうなので、俺は取《と》り敢《あ》えず疑問に思っていたことを訊《たず》ねる。

「ところで、さ。なんでお前ここにいるの？　こっち高校だぞ？」

お前、中学生じゃん。

不思議そうに見ていると、木乃葉は不満そうに頬《ほお》をぷくっと膨《ふく》らませる。

「はぁー！　私、この間言ったじゃないですか！　同じ高校に入学したから、一緒だって！　驚《おどろ》かせるために直前に言ったのに、忘れるとか全然意味ないじゃないですか！」

「悪い悪い。ここ最近、それどころじゃなかったからな。そういや、そうだったたっけ」

「拓也さんなんてどうでもいいですけど、忘れられたらそれはそれで何かムカつく！　猛省《もうせい》してください！　そして、私の鞄《かばん》を持て！」

「いや、鞄関係ねぇだろ」

なんで、俺に鞄をぐいぐいと押しつけてくるんだよ。

そんなことされても持たないからな、お前の鞄。

「いや、私、昨日、夜遅《おそ》くまで撮《と》り溜《た》めていたドラマ見てたんですよ。で、寝不足《ねぶそく》でめっちゃ疲《つか》れてて」

「はぁ」

「だから、持ってくださいっ！　お願い、拓也先輩《せんぱい》♡」

「知るか、そんなお前のくだらない事情」

「えー、いいじゃないですかー。ほら、今なら、可愛《かわい》い後輩の制服姿を好きなだけ見てもいいんですよ？」

そう言いながら、その場で制服を見せるようにくるりと一回転する木乃葉。

「はいはい、可愛い可愛い。良かったな、木乃葉」

「……え、なんか、反応雑じゃありません？　おっかしいな。拓也さんなら、ちょっと甘えれば簡単に騙《だま》せると思ったのに……」

「お前の中で、俺ってどういうイメージなんだよ……」

そんなに、チョロいって認識《にんしき》されてんの？

「……で、例の先輩の件どうなったんですか？」

一応、木乃葉なりに気遣《きづか》ってくれているのか、ぽしょぽしょと小声で話しかけてくる。

この辺の切り替《か》えの速さは、長年の付き合いの賜《たまもの》というべきか。

俺がこれまであったことを全て話し終えると、木乃葉は何故《なぜ》か固まった。

次いで、木乃葉は呟《つぶや》くように小声で。

「……え、マジで告白したんですか？　あの拓也さんが？　マジですか？」

「どういう意味だよ！　そ、そもそも、お前が告白した方がいいって言ったんだろ！」

「言いましたけどー。でも、だって、拓也さんなら結局チキっちゃうかなーとか思うじゃないですか？」

「言いたいことはわかるけどさ」

お前、何気に俺に失礼じゃない？

「でも、拓也さん、告白上手《うま》くいって良かったですね。拓也さんのことを好きな女性《ひと》がいるとか、未《いま》だに信じらませんけど。世の中、物好きな女性もいるんですね」

「お前、笑顔でまあまあ酷《ひど》いこと言うよね」

「ちなみに、そのひと、どこのお店のキャストさんなんですか？」

「レンタル彼女とかじゃないからな！」

結局、お前、微塵《みじん》も信じてねぇじゃねーか！

本当の本当なんだけどなぁ……氷川さんと次会ったときにはぜひ写真を撮って、こいつに見せつけてやりたい。

そのときには、チェキとか言われそうだけど。

「あ、そろそろ学校なんで先に行きますね。拓也さんと一緒《いっしょ》に歩いてて、初日から変な噂《うわさ》を流されても嫌《いや》ですし」

そう言うや否《いな》や、木乃葉はパタパタと先に駆《か》けていく。

忙《いそが》しいやつだ。この坂を走って登るのも楽じゃないだろうに。

しかし、木乃葉は数歩先で立ち止まると、チラッと振《ふ》り返って。

「あっ、言うの忘れてた」

「——拓也さん、おめでとうございます」

からかうような、それでいて優《やさ》しげな笑《え》み。

最後にべーっと馬鹿《ばか》にするように小さく舌を出すと、木乃葉は今度こそ振り返らずに校門へと入っていった。

◇◇◇

俺が事前に告知されていた新しい教室に入ると、一瞬《いっしゅん》だけその場が静まりかえった。

怯《おび》えているような、この一年間を諦観《ていかん》するような雰囲気《ふんいき》。

この空気には、いつまで経《た》っても慣れない。

はぁ、早く終わってくれないかなぁ……などと思っていると、本当にすぐに終わった。

……ん？　どうしたんだ？　何かあったのか？

聞き耳を立てていると、ちらほらと似通った会話が聞こえてくる。

「なぁ、聞いたか？　俺たちのクラスの担任、あの〈雪姫《ゆきひめ》〉らしいぜ」「マジで？　最悪じゃん。美人だけど、あの先生超怖《ちょうこわ》いしさ……」「それに、〈雪姫〉って授業も超《ちょう》厳しいんだろ？　俺たちついていけんのか？」などなど……全てが〈雪姫〉の話題。

げっ、マジかよ。

今年一年、雪姫が担任とか最悪じゃねーか。

こんな見た目だし、絶対に目をつけられるよな……はぁ、先生替わってくんねーかな。

これから憂鬱《ゆううつ》になりそうな一年を想像して、俺は思わず嘆《なげ》いて。

そんな高校二年生なら、始まらなくていいとすら思っていた。

その瞬間までは。


俺が机に突《つ》っ伏《ぷ》していると、突如《とつじょ》、扉《とびら》がガラッと開く音が響《ひび》いた。

「ホームルームの時間です。皆《みな》さん、席に座ってください」

若い女性の声。

途端《とたん》に、クラス中が落胆《らくたん》にも思える息を吐《は》き出す。

その反応に、俺も顔を上げて。

「――、――」

俺は、息を呑《の》んだ。


俺にとって、雪姫は遠い存在だった。

担当する学年も違《ちが》う。俺が雪姫を見るのはいつだって全校集会などのときだけで。

俺の記憶《きおく》の中の彼女は、いつも遠い壇上《だんじょう》に立っていた。

だからか、彼女の顔は美人という印象はあったが――正確には把握《はあく》はしていなくて。
初めて間近で見たときに、俺はこう思ってしまった。
――俺の知っている女性《ひと》に似てる、と。

綺麗《きれい》さと可愛さの両方を兼《か》ね備《そな》えた顔立ち。
動きやすいように一つにまとめられた黒髪《くろかみ》。
鋭《するど》い眼光。
黒縁《くろぶち》の眼鏡。
若手の先生らしく、その格好は黒のスーツで。
厳しさと真面目《まじめ》な雰囲気を兼ね備えていて。

「皆さん初めまして。私が、皆さんの担任の教師となりました――」

黒板に名前を書きながら、凜、と澄《す》んだ声を教室中に響かせる。
あれだけ騒《さわ》がしかった教室が一気に静かになり、注目がその先生に集められる。
そうして。

教室中に走らせていた、雪姫の視線が俺にぶつかった途端。
「…………えっ？」
厳しく引き締《し》められた表情が、唖然《あぜん》としたあどけないそれへと変わった。
からん、と手に持っていたチョークが落ちて砕《くだ》け散る。
クラスメイトがざわざわと小さく騒ぐが、雪姫はぽかんと口を開けたままだった。
何故かはわからない。
だが、黒板に書かれた文字を見た瞬間、胸がどくんと跳《は》ねた。
はっ？　なんだ、これ？
ただの偶然なのか？
黒板の文字には、こう書いてあった。
――氷川真白《ましろ》、と。
それは、奇《く》しくも、俺が好きになって告白したあの氷川さんと全く同じ名前だった。

第四章

教室。

教壇《きょうだん》では、雪姫《ゆきひめ》が鋭い視線を生徒たちに向けながらホームルームを取り仕切っていた。

その表情には、自己紹介《しょうかい》をしていたときのような僅《わず》かな動揺《どうよう》はない……ように思えてしまう。あるのは、いつもの全校集会で見せる冷たい鉄仮面。

……偶然《ぐうぜん》、じゃないよなぁ。

間違いなく、あの氷川《ひかわ》さんと同姓《どうせい》同名で。しかも、注意深く見てみれば、面影《おもかげ》もあるような気がする。

だけれど、同一人物と断言できるかと言えば、そういうわけでもなくて。

いや、だって雰囲気《ふんいき》違いすぎるだろ。

氷川さんは優しいお姉さんみたいな感じで。一方で、雪姫は冷徹《れいてつ》な狙撃手《そげきしゅ》みたいな感じだ。もちろん、あくまで俺の個人的なイメージだけど。

それに、そもそも、氷川さんって先輩だったんじゃ。

……と思ってたけど、別に辻褄《つじつま》が合わないわけでもないのか。

何故なら、俺が氷川さんが先輩だと思っていたのは大学受験用の参考書を持っていたからで。されど、それを持っていても、おかしくない人たちは他にもいる。

教師、だ。高校二年生の担当であるならば、教師が別に高校生向けの参考書を持っていたとしても何ら不思議なことはない。それならば、あの氷川さんが高校教師だったって可能性も全くないわけではない。のだと思う。

と、

「それでは、ホームルームは終わりです」

一通り喋《しゃべ》り終わったのか、雪姫が荷物を持って教室から出て行く。

その背中を、俺は慌《あわ》てて追いかけて。

「あ、あの、待ってくださいっ。氷川さんっ」

俺は思わず彼女に呼びかけていた。

「俺です、霧島《きりしま》ですっ。先生は――氷川さんなんですよね？　この間、俺と一緒に遊びに行った氷川さんなんですよね？」

確信したわけではない。でも、直感はその通りだと告げていて。

直後、雪姫が廊下《ろうか》の途中《とちゅう》でぴたりと足を止めた。

彼女がこちらを振り向く。

しかし、その表情は、ゾッとするほど冷たいもので。

「――っ」

反射的に、俺は息を呑んだ。

雪姫が一番有名ではあるけども、この教師を表わす言葉は実は数多くあったりする。そして、それらに共通しているのは「厳しさ」や「冷たさ」を揶揄《やゆ》したものということだ。

そんな教師に対して、あろうことか『さん』付けで馴《な》れ馴れしく呼んでしまうなんて。

……不味《まず》い、やっちまったかも。

よりによっても、雪姫に。この学校で一番恐《おそ》れられている教師に、あんなことを言ってしまうなんて。

もし、違ってたら――こんなの、完全に説教コースだ。

案の定、雪姫は黒縁の眼鏡の奥から鋭い眼光を向けてきた。

次いで、眉《まゆ》をひそめ。

「……なんでしょうか？　私は確かに『氷川』ですが、あなたに『さん』付けで呼ばれる道理はありませんが」

その姿は、まるで俺のことなんてこれっぽっちも知らないみたいで。

そして、彼女は言う。

何故か、目をそらして頬《ほお》を染めながら。

「――そ、それに、わ、私は霧島くんと一緒に出かけたことなんてありませんし」

「…………」

「…………」

…………いや。

先生、嘘《うそ》、下手くそかよ。

「な、なんですか、霧島くん！　そ、その、可哀想《かわいそう》な人を見るような目は！　ほ、本当ですよっ。ほんとに、霧島くんのことなんて知らないんですからっ」

「えっと……いや、先生、氷川さんですよね？　先週、俺と一緒に出かけましたよね？」

「い、行ってませんっ」

必死に否定する雪姫――氷川先生。

だが、氷川先生の視線は完全に泳いでいた。

嘘発見器《うそはっけんき》なんてなくても断言できるほど、目がそわそわしていて嘘をついているのがわかる。

こんなの、自分から「はい、そうです」と語っているようなものだ。

「……あの、氷川先生？　どうして、さっきから嘘なんてついたりするんですか？」

「う、嘘なんてついてません。ほ、本当に初対面ですからっ。霧島くんはきっと誰《だれ》かと勘《かん》違《ちが》いしているんだと思います」

「……じゃあ、まあ、千歩譲《ゆず》って、先生の言うことが正しいとしましょう」

「べ、別に譲らなくてもいいんですけど……」

「けど、それなら——なんで、俺と氷川さんが一緒《いっしょ》にゲーセンで取ったはずの景品を、先生が携帯《けいたい》につけてるんですか？」

「え？　そ、そんなはずがありませんっ。だって、あれは家に置いてきて………う」

氷川先生は慌てて荷物を漁《あさ》るが——カマをかけられたことに気づいたらしい。

しまった、みたいな顔のまま固まる氷川先生。

目を細めながら、俺は言葉を紡《つむ》ぐ。

「やっぱり、氷川先生は氷川さんですよね？」

「ち、違います。い、今のは……その、何でもありませんっ。霧島くんの発言とは何も関係ありませんっ」

「でも、『あれは家に置いてきて』とこの耳ではっきりと」

「げ、幻聴《げんちょう》です！」

「それに、見た目も氷川さんに似てる気が」

「幻覚です！」

頑《がん》として認めようとしない氷川先生。

そこで、ふと、俺はあることに気づく。

「そういや、先生ってこの間と学校とでは全然キャラ違いますよね」

俺と会ったときは優《やさ》しかったのに、学校では凄《すご》く怖《こわ》いという噂《うわさ》だし。そもそも、前は敬語じゃなかったし。

「……う」

すると、氷川先生がぴしりと固まった。

……しかも、なんか、めっちゃ汗掻《あせか》いている。

喋ってないのに、こんなに感情が読めることってあるんだな。

動揺しまくりなのが、丸わかりである。

そのとき。

校舎中に、一限目の授業が始まる音が響《ひび》いて。

「……き、霧島くん、もう授業が始まる時間です。早く教室に戻《もど》ってください」

「あっ、ちょ、ちょっと待ってくださいっ」

だが、声をかけるも、氷川先生は既《すで》に背を向けていて。

俺の前から足早に去って行った。


そうして、放課後。

今日という一日が終わり、クラスメイトは部活だったり遊びに行ったりして教室は静かになるはず——だったが、未《いま》だにざわざわとしていた。

それも、当然だと思う。

なにせ、今日一日中、氷川先生の様子がおかしかったのだから。

俺は氷川先生を遠くから眺《なが》めたことしかないし、その立《た》ち振《ふ》る舞《ま》いも噂でしか知らない。

でも、そうだとしても、今日の氷川先生の様子が変だったことはわかった。

たとえば、例を挙げるとするならば——

授業中に、特定の生徒（俺）の名前を呼ぶ機会があれば、「き、きりしゅまくん」と噛《か》み噛みで何を言っているかわからなかったり。

あるいは、特定の生徒（俺）がいる授業では、何故《なぜ》かずっと教科書を反対に持ったままで授業を行っていたり。

さらに、あるいは、特定の生徒（俺）と廊下で擦《す》れ違《ちが》うときには、隠《かく》れようとして掃除《そうじ》ロッカーに入ってしまって、「むーっむーっっ」と自力で抜《ぬ》け出せなくなったり。

そんな感じで、一日、氷川先生は全体的に集中を欠いていたらしい。

っていうか、はい、全て俺のせいっぽいですね。

俺と出会う前の——ホームルーム前には、おかしな行動をしていたという噂は今のところ聞いてないし。だとすれば、やっぱり俺が原因としか考えられない。

何故、氷川先生はそんなことをしているのか。

予想でしかないが……それは、まあ、普段《ふだん》はあんな感じなのに学校では厳しいキャラでやってたら、そりゃ知られたくないよな。その気持ちはわかる。俺も普段はあんまり喋らないけど（喋る相手がいないからだけど）、学校で一回だけ漫画《まんが》について喋ったら引かれたことがあったし。へ、へぇ、霧島くんって詳《くわ》しいんだね、みたいな。……ちくしょう、嫌《いや》なことを思い出した。

……でも、俺、あれから氷川先生にずっと避《さ》けられ続けてるんだよなぁ。

担任としての仕事などはこなしているが、氷川先生はそれ以外にはなるべく俺の目の前に現れないようにしているような気がしている。

何とか、ちゃんと話したいんだけど、ここまで避けられていてはそれどころじゃないし
──って、あっ。

「っ」

帰宅するために廊下を歩いていたら、向こう側からやってきたのは氷川先生だった。

どこかの授業終わりだったのか、彼女は手には教科書やスケジュール帳っぽいものを抱《かか》えている。

俺を見つけると、氷川先生は「やっべ」みたいな顔をした。

その直後──

ダッ！　氷川先生は踵《きびす》を返して、脱兎《だっと》のごとく廊下を走っていった。

「ちょ、ちょっとなんで逃《に》げるんですか！」

「し、知りません！　こ、こっちに来ないでください！」

そう叫《さけ》びながら、廊下を爆走《ばくそう》する氷川先生。

氷川先生とは、ちゃんと話しておきたい。

だからこそ、俺は先生の後を全力で追いかけてるんだけど──いくらなんでも速すぎる

だろ！　もう廊下の端《はじ》っこまで行ったぞ！

一方で、俺はインドア系オタク。そんなに足が速いわけでもない。

だが、氷川先生の方も体力があるわけではないようで、徐々《じょじょ》に距離《きょり》は縮まっていく。

やがて校内を駆《か》け回っていると、俺たちは非常階段に差し掛《か》かった。

氷川先生が先に階段を上っていき、俺がその背中を追いかけるが——くそっ！　ここで階段はキツい！　足が悲鳴をあげてるんだけど！

しかし、その直後。

「——、——」

ずるっ！　氷川先生が思いっきり足を滑《すべ》らせた！

同時に氷川先生が抱えていた教科書やスケジュール帳などの持ち物がばらまかれる。

——ヤバい！　そう思った瞬間《しゅんかん》、俺の身体は動いていた。

彼女を受け止めるように両手を広げると、俺は足を踏《ふ》ん張《ば》らせて。

「っ」

ぼすっ。氷川先生の頭が、俺の胸に収まる。

反射的に抱《だ》き締《し》めると、彼女の熱が仄《ほの》かに伝わってきた。心臓なんてバクバクと鳴っている。ふぅ……間一髪《かんいっぱつ》のところで何とか間に合ったみたいだ。

氷川先生を抱き締めたまま、俺は囁《ささや》く。

「あ、あの……だ、大丈夫《だいじょうぶ》ですか、氷川先生？」

「え、ええ……その、ありがとうございました」

氷川先生がゆっくりと離《はな》れていって、服の乱れを整える。それから散らばった持ち物を回収し始めるが、こっちを見てくれることは一向になかった。

ぷいっ、と明後日の方向を見たままだ。

俺としては、ちゃんと先生と話したかったんだけど……こうも逃げられるなら、今日はもうやめておいた方がいいか。無理にってわけにもいかないし。

「……ごめんなさい、氷川先生。追いかけたりなんかして、本当にすみませんでした」

「えっ？」

「じゃ、氷川先生また明日」

「ちょ、ちょっと待ってください」

俺はぺこりと頭を下げて去ろうとすると、氷川先生から声をかけられた。

振り向くと、氷川先生はこちらを向いていて。それからおずおずと訊《たず》ねてくる。

「……あの、聞かないんですか？」

何を指しているかは、言われなくてもわかった。

だけれど、さっきも言った通り、無理矢理訊ねても意味ないし。

氷川先生が言いたくないなら、それも仕方ない。

俺はストレートにそれを伝える。

「まあ、氷川先生が話したくないなら無理にってわけにもいかないですし……そりゃ色々と気になってはいますけど。取《と》り敢《あ》えず、今日は出直そうかなって」

俺の言葉に、氷川先生は俯《うつむ》きながらスーツの端をぎゅっと掴《つか》んだ。

そうして、ポツリと。

「……そう、そうですか。……うん、霧島くんはそういう子だもんね」

「え、えーっと、氷川先生……？」

いったいどうしたんだろうか？

不思議に思っていると、氷川先生はゆっくりと視線をあげた。

その表情はこれまで見てきたなかで、一番真剣《しんけん》なもので。

氷川先生は言う。

「あのね、霧島くん。私、君に隠していたことが……言わなきゃいけないことがあるの」

◇　◇　◇

……言わなきゃいけないことっていったいなんだろうか？

そう告げた後も、先生は真剣な表情のままだった。

何を言おうとしているかはわからない。

それでも、何か大切なことを言おうとしているのは察することができて。

「あの、そ、それでねっ」

氷川先生は、俺の瞳《ひとみ》を真《ま》っ直《す》ぐに見つめてくる。

それから、意を決したように唇《くちびる》を結ぶと、一世一代の告白のような勢いで言ってくる。

「わ、私は——じ、実は、霧島くんのことは知ってます！　私は、君と一緒《いっしょ》に出かけて、お付き合いさせていただいているあの『氷川真白《ましろ》』なんです！」

「いや、まあ、それはわかってますけど」

「…………………………………………………………………え？」

たっぷりと間を取って、唖然《あぜん》とした声を漏《も》らす氷川先生。

いや、そりゃそうだろ。

そんなの、誰《だれ》だって最初の時点でわかってる。

……え、もしかして、あれで氷川先生ってまだバレてないと思ってたのか？

言葉には出していないものの、そんな空気感は伝わってしまったらしい。

氷川先生は黒歴史を思い返しているが如《ごと》くぷるぷると震《ふる》えていた。

それから、唇を尖《とが》らせて。

「…………………霧島くんなんて嫌《きら》いよ」

え、ええー。

氷川先生は、思いっきり拗《す》ねていらっしゃった。

むっすぅぅぅぅぅぅぅとして、頬《ほお》もぷくーっと膨《ふく》らませている。

完全に、子供がやる挙動だ。当然、そんな姿も可愛《かわい》いけど。

「き、気づいているならもっと強く言ってくれてもいいじゃないっ。だから、私、必死に隠そうとして頑張《がんば》って意識しないようにしてたのにっ！」

「いや、言おうとしたら、氷川先生すぐに逃げたじゃないですか」

「う……」

思い出したのか、ぴたりと固まる氷川先生。

額には、汗《あせ》を掻《か》いてるほど。……意外と、このひと感情が読みやすいときあるよなぁ。

教師モードのときには、鉄仮面を演じられるぐらいなのに。

仕切り直すように、氷川先生はこほんと大袈裟《おおげさ》に咳払《せきばら》いをして。

「と、とにかく、そういうことなんだけど……ど、どう、霧島くん？」

「どうって言われても」

正直、感想に困る。

氷川先生が氷川さんだったってことは、割と序盤《じょばん》の方で気づいていたし。

取り敢えず、真っ先に思ったことを口にする。

「氷川先生って二重人格なんですか？」

「それ、どういう意味!?」

いや、だってさ……わかるだろ？　全然、雰囲気《ふんいき》違うじゃん。すげー怖《こわ》かったじゃん。

俺のことなんて、知らなかったフリをしてたし。

それなら、そういうことを疑っても仕方ないと思う。

漫画とか小説とかで、時々そういう設定も見るしさ。

「た、確かに、そう思われるのも仕方ないのかもしれないけど……一応、霧島くんと遊んでいたのも、ここの先生をやっているのも、全て私だから。二重人格じゃないので」

「なら、なんで俺のこと知らないフリをしたんですか？」

「それは、その……こ、こんなキャラでやってるのが恥《は》ずかしくって」

頬を染めて、ぼそぼそと呟《つぶや》く氷川先生。

あー、やっぱりそうなのか。まあ、そうだよな。別のコミュニティでは全く違《ちが》うキャラを演じてたとしたら、確かに見られたくない。特に、ギャップがあればあるほど。

けれど、そうなるとまた別の疑問が浮《う》かんでくる。

「でも、素じゃないってことなら――なんで、あんなキャラを演じてたんですか？」

「そ、それは……」

途端《とたん》に、ちょっぴり顔を俯かせる氷川先生。

次いで、か細い声で囁くように。

「そ、それは……その、一言でいえば立派な教師になるためかな」

「そう、ですか」

立派な教師になるため。

どんな背景があったのかは依然《いぜん》としてわからないけれども、雪姫のときの姿を思い返せば「立派な教師」というものが何となくわかった気がした。怖かったけど、まあ、仕事に対する姿勢などは、まさしく「立派」だったと少なくとも俺は思うから。

「……わかりました。取り敢えず、俺から聞きたいことはそれぐらいです」

「そっか」

俺の言葉に、氷川先生は小さく微笑《ほほえ》んだ。

……やっぱ可愛いよなぁ、この女性《ひと》。

でも、そんな先生と高校生活が送れるなんて。しかも、先生の彼氏として！

うん、俄然《がぜん》やる気が出てきた！　これといって何かあるわけじゃないけれど、明日からの日々がなんか楽しみだ！

「じゃあ、これで一段落ですね」

一件落着ですね、の意味で、俺はその言葉を口にする。

氷川先生も頷《うなず》く。

しかし、その次に出たきた台詞《せりふ》は——俺が全く予想しないものだった。

「そうだね」

「——じゃ、私たちの関係ももう終わりにしよっか」

「…………………えっ？」

バッと、氷川先生の目を見る。

だけれど、彼女は相変わらず真剣そのものだった。

それこそ、先程《さきほど》の告白をしたときと同じように。あるいは、あのときに既《すで》にこの言葉を口にすることを決めていたのか。

「……な、なに言ってるんですか、氷川先生？　お、終わりじゃないですよ。これからじゃないですか」

俺の声は震えていた。

だけれど、氷川先生が冗談《じょうだん》なんて言っていないのはわかっていた。

何故《なぜ》なら——氷川先生も辛《つら》そうな顔をしていたから。

「……ううん。終わりだよ、霧島くん。私たちはこれ以上、必要以上に会うべきじゃないから。付き合うことなんてできないよ」

「な、なんでですかっ？　なんで、突然《とつぜん》そんなことを言うんですかっ？」

「私が教師で霧島くんが生徒だから、かな」

氷川先生の説明は、簡潔だった。

だからこそ、どれだけ言葉を重ねても揺《ゆ》らぎようのない理由でもあった。

「霧島くんも知っているかもしれないけど、教師と生徒は絶対に付き合ってはいけないの。それに、バレれば生徒側もただごとじゃすまない可能性もあるから。最近は、ＳＮＳなんかですぐに悪い噂《うわさ》は広まるし……下手をすれば、霧島くんの経歴にも傷がつくかもしれない。そんなことにはなりたくないでしょ？」

氷川先生は穏《おだ》やかな口調で告げる。

その瞳は、氷川さんではなく——完全に教師のそれだった。

そうして、気づく。氷川先生が俺から正体を隠《かく》そうとしていたのは、何もあのキャラがバレたくなかっただけではないのだ。

教師と生徒という立場がわかれば、付き合うことなんてできないのだから。

だから、隠していた。

俺はそれを自ら壊《こわ》した。何も考えず、ただの好奇心《こうきしん》とかそんな感情で。

「私とのことは……その、忘れて。霧島くんの大切な時間は戻《もど》ってこないから、それについては謝罪するしかないけど……これ以上、私とのことで無駄遣《むだづか》いしない方がいいかな。この時期は貴重だから、もっと有益なことに使って」

「……そんな、無駄遣いなんて」

「無駄遣いでしょ。わざわざリスクのある恋愛《れんあい》なんて、霧島くんがする必要なんてないんだから。私と……そんなことをするぐらいなら、勉学に励《はげ》んだ方がいいよ。あまり良いってわけでもないようだし」

氷川先生の表情は、女神《めがみ》のように優《やさ》しそうで。

だからこそ、絶対に届かないと思わせるようなものだった。

同時に彼女が何を言っているのか悟《さと》って、俺は全身を硬直《こうちょく》させる。

知っているんだ、俺の一年生のときの成績を。

当たり前と言えば、当たり前だ。仮にも担任の先生なんだから。俺の昨年の成績なんて把握《はあく》しているに決まっている。

徐々《じょじょ》に氷川先生の言葉が身体に浸透《しんとう》していき、足下《あしもと》が揺らいでしまう。どうやって立っていたのかすら、わからなくなる。

「私からの『言わなきゃいけない』話は、これで終わり」

氷川先生は静かにそう締《し》め括《くく》った。

「念のため、これからは学校でもなるべく接触《せっしょく》しない方がいいかもね。あっ、霧島くんはいつも通りで大丈夫《だいじょうぶ》だから。それは、私が気をつけるから――」

「ちょ、ちょっと待ってください！」

「なに？」

話を終わらせたくなくて、必死に声を絞《しぼ》り出す。

が、それに対して、氷川先生は穏やかな笑顔《えがお》を向けてきて。

「まだ、なにかある？」

「……俺は……そんな簡単に納得《なっとく》できません」

好きになった人が教師だから。

それだけの理由で、好きになった人とのことを忘れるなんて出来るわけもなかった。

しかし、

「今すぐは納得できなくても、頑張って納得して欲しいな」

氷川先生は優しかったが、紛《まぎ》れもなく大人だった。

「私には、霧島くんの人生への責任なんて取れないから。何かあったら、親御《おやご》さんにも申し訳ないし。それに……バレれば、私もクビになる。霧島くんもそんな重荷は背負いたくないでしょ？」

「でもっ……それでも、俺は氷川先生が好きなんです」

何の返答にもなっていない言葉。

それに、氷川先生は一瞬《いっしゅん》だけ嬉《うれ》しそうに口元を綻《ほころ》ばせて。

けれど、何かを追い払《はら》うように頭を振《ふ》って。

直後。――がらりと、氷川先生の雰囲気《ふんいき》が一変した。

まるで、冷たく刺々《とげとげ》しい雰囲気を纏《まと》う傍若無人《ぼうじゃくぶじん》なお姫様のように。

そして、雪姫はそれを口にする。


「じゃ、霧島くんが責任を取ってくれるの？」


その言葉は。

生徒である俺にとって、どうしようもない言葉だった。

少し遅《おく》れて、終わりを確信した。

恐《おそ》らく、これ以上、氷川先生は俺を寄せ付けるつもりはない。

だからか。それがわかっていたからこそ、ポツリと呟くように、俺はそんな未練めいたことを言ってしまったのかもしれない。

「……もし、俺たちが教師と生徒じゃなかったら。違ってたら、こんなことにならなかったんですか？」

それに、雪姫は何故か一瞬だけ唇《くちびる》を閉じた。

次の瞬間、いつものように鋭《するど》く冷たい眼光を向けてきて。

「……『もし』なんてことは有り得えないけど、そうですね。仮にそうだとしても、私は同じように答えていたと思います」

「霧島くんとは付き合えません。ここ一週間少しだけお付き合いしてわかりましたが、あなたは、私の〝理想〟ではなかったから」


それだけ言って、雪姫は非常階段を降りて去って行った。

カツカツと鳴っていた足音が消える。

だが、それでも、俺は依然として立ち尽《つ》くしたままだった。

そんな状態でも、わかったことが二つ。

俺は完膚《かんぷ》なきまでにフラられたということ。

そして、氷川先生とは学校での接触すら最低限しか許されないということだったと。

「……？」

俺が呆然《ぼうぜん》としたまま下に視線を落とすと、非常階段に何かが落ちているのに気づいた。

手を伸《の》ばすと、それはどこか見覚えのあるスケジュール帳で。というか、『アオの奇跡《きせき》』

とコラボしているオタク感が少しだけ出てしまっているグッズで。

その裏には、小さな字で『氷川真白』と書いてあった。

◇　◇　◇

翌日の学校は、地獄《じごく》そのものだった。

なにせ、告白してフラれたとしても……氷川先生が担任である限り、嫌《いや》でも顔を合わせるということで。

「…………はぁ」

俺は自分の机で溜息《ためいき》をついた。

憂鬱《ゆううつ》すぎる。ほんと、なんで学校に来てるんだろうか。

ほとんど無意識に、俺は朝からのことを思い出す。

明らかに、氷川先生は俺を避《さ》けていた。

授業中やホームルーム中には、絶対に俺の方を向かなくて。それ以外にも、授業中に当てる頻度《ひんど》を極端《きょくたん》に下げるなどの徹底《てってい》ぶり。

こんなの、昨年と同じぐらい——いや、ある意味では、昨年よりも酷《ひど》い高校生活だ。

スケジュール帳もすぐに返そうとしたが、氷川先生に避けられているせいでそれもすることができなくて。職員室の別の先生に渡《わた》してもらおうともしたが、『アオの奇跡』とコラボしているオタク感が出ている物品が故《ゆえ》にそれもできなかった。……氷川先生、学校ではオタクを隠しているみたいだったし。まあ、見る人が見ればばって程度のものだけど。

いや、そうじゃない。

俺は、多分、この『スケジュール帳』を通してもう一度だけ氷川先生と喋《しゃべ》りたいだけなんだろう。今となってはこれだけが先生と繋《つな》がる口実なのだから。

だからこそ、俺は直接返そうとしていて。

しかし、避けられている以上、やっぱりどうしようもなくて。

そんなことを考えていると、いつの間にか放課後がやってきていた。

特にやることもないので、俺はとぼとぼと学校の正門へと向かう。

大好きなアニメを見たりして気分転換《てんかん》をしようともしたが……昨日から、それも色褪《いろあ》せて見えた。ずっと楽しみにしていたラノベを読んでも、内容が全く入ってこない。目が滑《すべ》ってしまい、手に汗《あせ》を握《にぎ》って没入《ぼっにゅう》していた世界もどこか遠いものに思えた。

「あっ……」

学校から出たところで、ポツポツと雨が降り始める。

しかも、徐々に雨足が強くなると、豪雨《ごうう》へと瞬《またた》く間《ま》に変化する。

やべっ、傘《かさ》なんて持ってたっけ？　……って、持ってるわけないか。

今日、天気は確認《かくにん》した覚えないし、鞄《かばん》に傘を入れた記憶《きおく》もないし。

仕方ないので、俺は雨の中を傘も差さずに歩く。

……こうしていると、氷川先生と初めて出かけたときのことを思い出す。

あのときは、傘を忘れた俺に、氷川先生は優しく声をかけてくれて――


「傘、忘れちゃったんですか？」


「……えっ？」

背後からの声。それと同時に頭上から雨が降ってこなくなる。

バッと振り向くと――

「……こんな雨なのにどうしたんですか、拓也《たくや》さん？」

木乃葉《このは》が傘を持って、立っていた。

第五章

……えーっと、なんでこうなってるんだっけ。

脱衣所《だついじょ》。

俺はタオルで髪《かみ》を拭《ふ》きながら、状況《じょうきょう》を確かめるために辺りを見回した。

ただ脱衣所にいるだけなら、何の問題もない。

問題があるとすれば、ここが木乃葉《このは》の家であるということだ。

あの後、雨に濡《ぬ》れた俺を見かねてか、木乃葉に連れてこられたのはあいつの家だった。

まあ、俺の家よりも、木乃葉の家の方が近いから正直ありがたいんだけど——

「……久しぶり、だよな」

中学生の頃《ころ》からあんまり行かなくなったから、ちょうど数年ぶりぐらいだろうか。

あのときからあまり変わってないが、久しぶりだからか妙《みょう》に新鮮《しんせん》に思える。

「あっ。それ、お父さんの服でしたけど、サイズどうでした？」

「ああ、ちょっと小さいけど普通《ふつう》に入ったよ。ありがとな」

脱衣所から出ると、木乃葉がソファに寝《ね》っ転《ころ》がってテレビを見ていた。

部屋着なのか、ピンクの可愛《かわい》らしい服を着ている。

見慣れないその格好に、こいつも女の子なんだなってことを思い知らされる。

まあ、だからといって、別に何もないんだけど。

「……そういや、今日って春香《はるか》さんは？」

春香さんっていうのは木乃葉の母親で、不動産屋を経営している大家さんでもある。

いつもお世話になっているし、せっかくだからお礼は言っておきたい。

だが、木乃葉は気負わない声で言う。

「あー、お母さんなら事務所の方に行ってるんでまだまだ帰ってきませんよ」

「へぇー」

……ってことは、ちょっと待て。今は二人きりってことか？

そう意識した途端《とたん》、俺は身体が強張《こわば》るのを感じる――ことはなかった。

だって、木乃葉だし。二人きりだからって今更《いまさら》意識することもない。

「……って、木乃葉。なにしてるんだ、それ？」

「ん、これですか？　アクセの整理をしてるだけですけど」

木乃葉は、机の上にアクセサリーをいっぱい置いていた。それを、それ専用のケース（正方形の枠《わく》がたくさんある）っぽい箱に、一つ一つ丁寧《ていねい》に入れている。

ネックレスやイヤリングやら、とにかく種類が多い。なんと指輪まである。

「へぇー、お前も女の子やってんたんだなぁ……」

「はっ？　それ、どういう意味ですか？　セクハラですか？」

「違《ちげ》ぇよ。そういう感じじゃなくてさ――って、これ、『アオの奇跡』に出てくるネックレスじゃねーか！　どうしたんだ、お前⁉」

まさか、いつの間にか、木乃葉もオタクになったのか⁉

キモいキモい言ってたけど――こんな日が来るなんて！

しかし、その一方で、木乃葉は眉《まゆ》をひそめて。

「……はぁ、アオの……なんですか？」

「はっ？　お前、知らずにこれ買ったのかよ⁉　これ、『アオの奇跡』っていうアニメのヒロインがつけてるものなんだって。へぇー、こんなグッズが公式から出てたんだな」

「はぁ？　よくわかりませんけど、なんか可愛いなーと思ったから、買っただけで……それに、多分これって公式（？）じゃありませんよ」

「え？　じゃあ、どっから買ったんだよ？」

「普通にアクセショップです。まあ、通販《つうはん》ですけど」

「アクセサリーショップに、こういうのって売ってるのか……？」

よく知らないけど、アニメコラボとかするものなんだろうか。

「あー、拓也《たくや》さん何か勘違《かんちが》いしてるかもしれませんけど……普通のアクセショップじゃなくて、個人でやっているやつですよ？　一点ものが多いんですけど、普通のお店に売ってないような素敵《すてき》なものも多くあって。ほら、ＳＮＳにもいっぱい載っけられてますし」

木乃葉にスマホを押しつけられる。

その画面には、確かに綺麗《きれい》なアクセサリーがたくさん紹介《しょうかい》されていた。

ふーん。ってことは、これの制作者さんはアニメに出てくるアクセサリーを自作して売ってる……って感じなのか？　感覚的には、同人誌に近いのかもしれない。

よく見れば、さっきのネックレスもアニメに出てくるものとは全然違う。

あくまで、アオの奇跡のキャラをイメージした……ってことなのだろうか。

にしても、パッと見たときには『アオの奇跡』と思ったの何でだろ？　ほんとは、全然違うのに。よっぽど凄《すご》い作家さんなんだろうか。

「というか、私の話はいいですから。どうしたんですか？　あんなところで雨に濡れて」

ぽんぽんと、木乃葉が自分の隣《となり》を叩《たた》く。

そこに座れ、ってことだろうか。

俺がソファに腰《こし》を下ろすと、木乃葉は隣であぐらをかいて訊《たず》ねてくる。

「まあ、目が死んでるんでだいたい想像できますけど。あのまま、放っておいてたら自殺でもしそうでしたし」

え、俺の目、そこまで酷いことになってんの？　そんな軽口を叩きたかったが——学校での地獄みたいな空気を思い出して、そんな気分にはなれなかった。

代わりに、俺は力なく呟《つぶや》く。

「……もしかして、俺を心配してくれてるのか？」

「いや、違いますけど」

違うのかよ。

俺が呆《あき》れていると、木乃葉は「えーっとですねー」と頰《ほお》に指を添《そ》える。

「ほら、あれですよ。面白《おもしろ》くない漫画《まんが》を読んでると、展開がわかっちゃうときあるじゃないですか？　でも、良いところで終わると、なんか次が気になったりしません？」

「言いたいことはわかるけど」

俺の告白関連の出来事って、その程度のことなの？

「霧島《きりしま》拓也先生の次回作にご期待ください」

「それ、どっちかといえば終わってるっていうか打ち切りじゃねーか！　良いところで終わるって、そういうこと⁉　全然上手《うま》く終われてないじゃん！」

「私の気持ち、わかりました？」

「わかるけど！　わかるけど、なんかすげー腹立つ！」

「で、どうなったんですか？」

木乃葉からじぃっと見つめられる。

観念して、俺は昨日あった出来事を全て喋る。

すると、木乃葉はふーんと興味なさそうな声を漏《も》らした。

「そんなことがあったんですね。告白した相手が教師とか、普通そんなことあります？」

「俺だって驚《おどろ》いてるんだよ。まだ、半分ぐらい夢なんじゃないかって思ってるし……」

ほんと、夢ならどれだけ良かったことか。

だけれど、実際は氷川《ひかわ》さんは先生で。俺がフラれてしまったのが現実だ。

「それで、拓也さんはどうするつもりなんですか？」

「……正直、わかんねーよ」

そう、わからない。どうすればいいのか、これぽっちもわからない。

多分、俺は教師と付き合うということをちゃんと理解していない。

なにせ氷川さんが先生と判明したときにも、そこまで考えられていなかったのだから。

もちろん、ニュースなどにより、教師と生徒が付き合うのはダメだと知っている。

でも、知っているのと、理解しているのは違う。

俺は付き合えばどうにかなるとすら思っているが、氷川先生にとってはそうじゃない。

何故《なぜ》なら、氷川先生は大人で、責任を取らされる側で——俺は子供なのだから。

そして、それ以前に、俺はフラれた。

教師と生徒という前提をなくしたとしても、付き合わないと言われてしまった。

「やっぱ……諦《あきら》める、しかないんだろうな」

結局のところ、俺には最初からそれしか道がないのだろう。

これが、子供じゃなかったら——もう少しだけ大人だったら何か違ったのかもしれない。

フラれたという前提があったとしても、そう考えてしまう。

俺が大人として出会っていたら、こんな結末にはなっていなかったんじゃないか、と。

だけど、現実は、この通り無力な子供で。

俺に出来ることなんて、何一つとしてないのだから。

「……でも、まあ。これで良かったのかもな」

顔を俯《うつむ》かせて、俺はポツリと呟いた。

「……仮に付き合えたとしても、恋愛《れんあい》経験のない俺じゃ上手く行かなかっただろうし。教師と付き合うなんて、どうせ最初から無理難題だしな」

時間は有限で。

努力しても、どうにもできないなら——諦めるのが合理的な選択《せんたく》なことだってある。

それなら、初めから挑戦《ちょうせん》しない方がマシだ。

いつものように。出来ないことには時間をかけない。

そっちの方が、よっぽど効率的なのだから。

「……諦める、か。やっぱ、そうするしかないよな。うん、上手く行かないことに労力をかけても意味ないし——」

言い聞かせるように言葉を重ねながら、俺は自分を納得《なっとく》させる。

それから、顔を上げて。

「うしっ。そうと決まったら遊ぶか。木乃葉、お前ってゲームとか持ってたっけ——」

「——はぁ？　馬《ば》っ鹿《か》じゃないですか、拓也さん」

不意に。聞いたことのない温度の、苛烈《かれつ》な声が響《ひび》き渡《わた》った。

顔を上げると、木乃葉が目の前に立ち上がっていてこちらを見下ろしてきていた。

冷たい視線。今まで見たことないぐらい、木乃葉は全身に怒気《どき》を纏《まと》っていた。

「さっきから聞いてれば、どうせ上手く行きっこないとか、無理難題とか、女々《めめ》しいことをグチグチと。その程度なら、そりゃフラれるに決まってるじゃないですか」

「こ、木乃葉、お前な――」

「どうして、最初から頑張る気がないんですか」

その言葉には。

俺は虚《きょ》を衝《つ》かれてしまって、頭で考えていたことが全て霧散《むさん》した。

木乃葉の目は、かつてないほど真剣《しんけん》そのものに思えた。

真正面まで顔を持ってくると、彼女は声を吐《は》き出す。

「前はそんなんじゃなかったのに。なんで、頑張《がんば》る前から諦めるんですかっ。傷つかないように、勝手に予防線張って。それで、物分かりがいいキャラを演じてるつもりですかっ？　格好でもつけてるつもりですかっ？」

「いや、俺は――」

「ダサいんですよっ」

木乃葉は冷たい声音《こわね》で、これ以上なくはっきりと言い放った。

「はっきり言いますけど、今の拓也さんは見ててイライラします。少女漫画にも教師と付き合う作品はありますけど、でも、少なくとも今の拓也さんよりは頑張ってますよ。馬鹿みたいに何回も告白して、それでやっと受けてもらえる主人公だっているんです。それなのに、拓也さんは何をしたんですか？　何をした上で諦めるなんて言うんですか？」

そう言って。木乃葉は俺の胸元《むなもと》にぐっと顔を押しつけてきた。

「別に……私は効率よく生きることは否定しません。どっちかといえば、私もそっち側ですから。でも、だからといって、私は頑張る人が間違ってるとも思いません。いいじゃないですか、私たちは子供なんですから。別に無駄《むだ》に頑張って、無駄に間違っても」

「――だから、少しは前みたいに頑張ってください。少なくとも、私はそっちの方が今の百倍大好きです」

最後に囁《ささや》くようにそう言って。木乃葉はぐりぐりと頭を押しつけてきた。

胸元辺りに熱を感じる。

それは、ちょっぴり濡《ぬ》れているようにすら思えて。

「……泣いてるのか？」

「泣いてません」

木乃葉は即座《そくざ》に否定するが、胸元辺りの湿《しめ》った服が何よりの証拠《しょうこ》だった。

あれは、物語だから。

だから、あいつらは上手く行くんだよ。

木乃葉にはそう言ってやりかった。でも、俺の口は少したりとも動かなかった。

図星だったから。確かに、俺は何もしていない。最初から心のどこかで自分には『出来ない』ことだと思って、俺は自分から行動することなんて何もなかった。

全部、氷川先生が誘《さそ》ってくれて。告白すら偶然《ぐうぜん》に頼《たよ》ったものだった。

出来ないと思い込んで、努力なんてしてこなかった。

それなのに——何もしていないのに、諦めるなんて確かに馬鹿だ。

俺みたいなやつが何の努力もせずに付き合えると思っていたなんて、そんな都合の良いことあるわけないのに。

「……ありがとな、木乃葉」

俺は小声で囁いて、彼女をそっと引き離《はな》した。

今だって、上手く行くとは思ってない。だけど、幼馴染《おさななじ》みに泣かれるほど叱咤《しった》されたのなら——少しは、挑戦する価値はあるような気がした。

「……っ、……っ」

目元を腕《うで》で拭《ぬぐ》っているから、木乃葉の顔は見えない。

だけれど、木乃葉は既《すで》に服の袖《そで》では拭えきれないほど泣いていた。

なにせ、透明《とうめい》な滴《しずく》が頰を伝って床《ゆか》に落ちているほどだ。

……しかし、ここまで感情を剝《む》き出しにされれば、俺も穏《おだ》やかに見守ることしかできなかった。こんなに想《おも》われていて、正直、悪い気はしないし。

そのとき。

透明の滴とともに、木乃葉の手からポトリとそれが落ちた。

目薬、が。

「…………っ、……っ」

「…………なぁ。おい、木乃葉？」

「……っ、……っ……な、なんですかっ？」

「この目薬って、なに？」

「……………………………てへっ☆」

ミシリ。俺は木乃葉の顔を片手で摑《つか》んだ。

「いふぁいいふぁいいふぁい！　い、痛いですって拓也さん！　ちょっとした冗談《じょうだん》ですって！　なに、マジになってんですか！」

「う、うるせー！　こっちはちょっと感動したのに！　お前、全部演技かよ！　俺の感動返せよ！」

「でも、元気は出ましたよね？」

「ああ、出たよ！　ありがとな、ちくしょう！」

ほんと、こいつは！　ほんと、こいつはっ！

不本意だけど、元気出たよ！

どこから演技かはしらないが——もう、俺はただ諦めるのだけはやめるつもりだった。


その夜。帰宅すると、俺は自室で電話をかける。

諦めないために——これから、どうするべきかを決めるために。

俺の知り合いで、最も『教師』という職業を知っている人物に。

そのとき。

窓から吹《ふ》き込《こ》んだ風によって、自室の机においていたスケジュール帳がめくれてしまう。

中身を見るつもりはなかったが、不可抗力《ふかこうりょく》で視界に入ってしまって。

「……そう、なのか」

俺は一つの確信を得た。

第六章

いつからだろう。付き合うなら、私の趣味《しゅみ》を受け入れてくれるような——自分以上にオタク活動を楽しんでくれるような、オタク彼氏がいいと思い始めたのは。

正確な時期は思い出せないけれど、多分、ぼんやりとしたことは高校生ぐらいから考えていたような気がする。

高校生の時の私は、いつも教室の端《はじ》っこでラノベを読んでいるような地味な女子で。友達もほとんどいなかったから、一緒《いっしょ》に趣味を共有できる人が欲しかったんだと思う。

それに、今も昔も、オタクというのは少数派で。

公《おおやけ》にできない趣味だったから、私はやはり一緒に楽しんでくれる男の子に憧《あこが》れていて。

そんな気持ちは、大学生になってからも変わらなかった。

私の趣味を受け入れてくれる素敵《すてき》な男の子に出会えることを、ずっと願っていた。

——だけれど、私は決して社交性があるとはいえず、いつまでもそんな男の子に出会えることはなかった。

友達に勧《すす》められて「大学デビュー」というやつをやってみたものの、結局、内面は変わらなくて。サークルなどに誘われたこともあったけれど、しかし、勇気が出ずに結局参加できなくて。その代わりに、友達と一緒に遊んでいるうちに、大学生活は終わってしまって。けれど、教師生活が始まってからは仕事に忙殺《ぼうさつ》されて、それどころじゃなくなって。

そんなとき。

仕事に慣れてきた教師生活三年目に、私は出会ったのだった。

優《やさ》しく、私の趣味を——私を受け入れてくれた、素敵な男の子に。

◆　◆　◆

「氷川《ひかわ》先生、お先に失礼します」

「お疲《つか》れ様です」

頭を下げて、職員室から出て行く女性教師を見送る。

独りぼっちになってしまった職員室で、私はうーんと大きく背筋を伸《の》ばした。

(……もう、外は暗いよね)

そろそろ、正門だって閉められてしまうはず。

本来ならば、こんな時間までやっておく仕事はないのだが——今は、家にはあんまり帰りたくなかった。

仕事に忙殺されていないと、嫌《いや》なことを思い出してしまうから。

机に何冊も積み上げられた教科書越しに、私は職員室を眺《なが》め回す。

（静か、だな……）

薄暗《うすぐら》く、寂《さび》しく、どこか不気味な部屋。

少なくとも、私にはこの場所が今の現状を如実《にょじつ》に表しているように思えてしまって。

彼と一緒に出かけたときのような煌《きら》めきは、ここにはなかった。

あれは、夢のようなひとときだったことを嫌でも実感してしまう。

（……でも、あのときは本当に楽しかった）

ガラにもなく、霧島《きりしま》くんを誘ったりして。

ご飯をつくるのが面倒《めんどう》と言っていたから、「よかったら、私がつくろうか？」とＬＩＮＥで送ってしまって。でも、恥《は》ずかしくなって送信を取り消してしまって。それでも何かしてあげたくなって、結局、一番簡単に美味《おい》しくつくれるカレーを持って行ったりして。

霧島くんから告白されたときには、本当に、本当に嬉《うれ》しかった。

でも、あんな時間はもうやってこない。

私が――自分から手放してしまったから。

……いけない。考えないようにしてたのに、また思い返してしまった。

「………帰ろう、かな」

今日は、これ以上やっていても仕方ない。

こんな雑念まみれでは、仕事が進まないどころではなかった。

私はそそくさと片付けると、鞄《かばん》を片手に持って。

ブブッ。スマホが振動《しんどう》とともに、メッセージが来たことを知らせる。

それは、今日の昼に送った連絡《れんらく》への返信で。

相手は、私の女友達だった。


『へぇー、真白《ましろ》にそんなことあったのか』

自宅。

オタクグッズがあちこちに置かれた部屋で、私はネトゲをやっていた。

モニターのなかには、中世ヨーロッパ風のファンタジー世界で、不良っぽい男性キャラが魔物《まもの》と戦っている。テンポ良くキーボードを何回か押すと、その男性キャラが連続攻撃《こうげき》を放って、敵が消滅《しょうめつ》した。

私は一仕事を終えたように服で額を拭うと、小さく息を吐《は》き出した。

隣《となり》のモニターを見ると、そこには大きく表示された無料通話アプリのアイコン。

キーボードを叩《たた》きながら、私はそのアイコンに向かって呟《つぶや》く。

「……ごめんね、紗矢《さや》。突然《とつぜん》、変な連絡しちゃって」

『いやいや、別にいいって。真白の恋愛《れんあい》相談とか新鮮《しんせん》だし、相談してくれて嬉しかったしな。それに、原稿《げんこう》作業もちょうど行《ゆ》き詰《づ》まってたし』

通話相手は、私の高校時代からの女友達だった。

名前は、神坂《かんざか》紗矢。

補足すると、かなり有名な同人作家だったりする。

高校時代や大学時代には、よく紗矢とは一緒にオタク活動に励《はげ》んでいた。

そんな長年の付き合いがある関係だからか、霧島くんのことに関してもアドバイスを貰《もら》ったりもしていて。以前にワンピースを着ていったのも、実は紗矢の助言だったりする。

あとは、霧島くんとお台場に出かけたときにちょっと迫《せま》ったこととか。

あれも、紗矢に「男は迫ってくる女が好きなんだよ」と助言されたからやってみたのだけど……うん、冷静に考えればあれはなかったと思ってる。大胆《だいたん》すぎたでしょ、私。

そして、今回もその一環《いっかん》。

霧島くんとの一連の出来事が終わったために、紗矢に報告していたのだった。

……もっとも、ただ話してるだけだと気分が落ち込むからネトゲをしながらだけど。

幸い、紗矢は突然の連絡にも対応してくれ、ゲームにも付き合ってくれた。

そうして、話を聞いてもらっていたのだが――

『で、さ。真白はもうちゅーとかしたのか？　それとも、BとかCぐらいまでやった？』

「あの、紗矢？　私の話、ちゃんと聞いてた？」

人選、間違《まちが》えたかも。

紗矢のセクハラ質問に、私は頬《ほお》が熱くなっていくのを感じる。

基本的には優しい性格だが、紗矢にはこういう一面がある。相談すると決めた時点である程度は覚悟《かくご》していたけれど……慣れないものは慣れないのだから仕方ない。

私は呆《あき》れを隠《かく》さず溜息《ためいき》をついて。

「……あの、紗矢？　繰《く》り返しにはなるけど、霧島くんとはもう終わって――」

『終わってないだろ？』

しかし、紗矢は私の言葉を上塗《うわぬ》りするように声を被《かぶ》せてきた。

『あ、もちろん、真白の話は聞いてたぜ？　教師と生徒の恋愛はダメってことも、それを理由に断ったってこともな』

「なら――」

『でも、その上で、あたしは真白がどうしたいかは聞いてない』

「……どう、したいか」

モニターの中では、私が操る男性キャラが敵を目の前にして爆弾《ばくだん》を抱《かか》えていた。

思わず、手を止めてしまって考える。

どうしたいか？　そんなこと決まってる。

でも、それは絶対に許されないことで。

だからこそ、私はこんなにも悩《なや》んでいるのに――

こちらの姿が見えているかのように、紗矢はころころと笑い声を響《ひび》かせる。

『なんだ、もう答えは出てるじゃん。そんなに黙《だま》って考えるぐらい――真白が真剣《しんけん》に悩むぐらい、その霧島くんってやつが好き好きで堪《たま》らないんだろ？』

どがぁぁぁぁんっっっ！

操作をミスって爆弾を暴発させると、モニターの中で男性キャラが吹っ飛んだ。

一気に、ＨＰが危険域へ。

だが、私はそれどころではなかった。

「す、好きって！　さ、紗矢、何を言ってるの――」

『あれ、違うの？』

「…………ち、違わないけど」

とっても好きだけど。

ほんとは——付き合いたいと思うぐらい、霧島くんのことは好きだけど。

でも、私にはそんなこと言えない。

だって、私にはその言葉を口にしていい資格がないのだから。

『けど、話を聞けば聞くほど、その霧島くんって子が、真白が前に話してくれた〝理想〟に思えるよな。見た目は不良っぽくて？　でも、超《ちょう》優しくて？　困ってるときに颯爽《さっそう》と助けてくれて？　何よりも、自分の趣味にも理解があって？　真白の乙女《おとめ》補正が入ってるにしても、ほとんど完璧《かんぺき》に真白の理想だよな』

「お、乙女補正なんてないからっ。も、もちろん、多少は美化してるかもしれないけど」

「あー、真白の話を聞いてたら、あたしも霧島くんに会いたくなったなー。ちょうど彼氏もいないし、なんなら付き合ってもいいかも』

「だ、駄目《だめ》！　霧島くんは私の——」

『私の？　なにかな、真白ちゃん？』

「…………な、なんでもないっ。き、気にしないでっ」

カマをかけられたと気づいたときには、もう遅《おそ》かった。

紗矢は意地悪そうな声で。

『そんなに好きなら、付き合っちゃえばいいのに』

「……そういうわけにもいかないもの。私のせいで、霧島くんの人生を台無しにしちゃうわけにもいかないし」

教師と生徒が付き合う。

最近は、その手の話題には非常に厳しい。

実際——学校にもよるけれど——最近は、教師と生徒の間に厳密に一線を引くことが規定されていることが多い。

教師が生徒を車に乗せることはダメだ。SNSで繋《つな》がることもダメだ。生徒と一緒に写っている写真を、教師がSNSに載《の》せることもダメだ。そして、もちろん、教師と生徒が恋愛関係になるなんてもってのほかで。

教師と生徒が関係を持ちやすくなっている現代だからこそ、厳しく設定されたルール。

一部の教師が事件を起こして報道機関に取り上げられるたびに、保護者は憤《いきどお》り、世間は心配し、教師たちは自分たちに厳しい制約を課している。

そんな中、私が自分勝手な行動すれば——ダメージを負うのは、自分だけじゃない。

好きな人が、甚大《じんだい》な損害を被《こうむ》ることだってあるはず。

自分はどうなってもいいけれど、それだけは、私はきっと耐《た》えられなくて。

「……だから、これでよかったの。私は、霧島くんに不幸になって欲しくないから。酷《ひど》いことを言っちゃったから、嫌《きら》われちゃったかもしれないけど……でも、付き合うよりはずっとマシなはずだから」

『なら、真白はこのまま卒業するまで霧島くんのことを見守り続けるのか？』

「うん。私はそれで十分かな」

もう、不用意に接触《せっしょく》はできないが。

でも、霧島くんのことを、私は二年間も陰《かげ》から見続けることできれば十分だ。

あとは、私は教師として出来ることをすればいい。

それが何よりも霧島くんのためになるはずだから。

だから、これでいい。そのはずなんだ。

……私のこの胸に宿る一時的な感情なんて、知らんぷりするのが一番良いはずなんだ。

紗矢は何かを察したように、静かに言った。

「そっか」

しかし、次の瞬間《しゅんかん》、途端《とたん》に軽い調子で。

『でも、霧島くんが真白の言う通りの素敵《すてき》な男の子なら、すぐに彼女をつくるかもなー』

「…………えっ？」

『そりゃあ、そうだろ。高校生だぜ？　彼女の一人や二人つくっても、おかしくないだろ？で、真白の前でその彼女といちゃいちゃするわけだ』

「え、えっ？」

『いやー、ツラいだろうなぁ。好きな男が目の前で別の女とちゅーしているところを見たりするの。高校生だから、それ以上のこともするだろうし。でも、真白にはずっといい人は現れなくて、霧島くんにも忘れ去られていって。で、成人式のときの高校のパーティーで言われるんだ。「え、氷川先生って誰《だれ》ですか（笑）」ってな』

「…………どうして、そんな意地悪なことを言うの（涙目《なみだめ》）」

『わーわーわー、あたしが悪かったって！　だから、そんな泣きそうな声出すなよ！」

「だ、出してないから」

私はぐしっとティッシュで目元を拭《ぬぐ》った。

濡《ぬ》れているが、断じて涙なんかではない。

『……世間では、規則ではダメってなってるかもしれないけど、あたしは応援《おうえん》してるぜ』

不意に、紗矢が優《やさ》しい声で語りかけてきた。

『ほら、あたしたち女子校だったじゃん？　そこでも高校から付き合っていて、卒業したら結婚《けっこん》した先生と同級生とかだっていただろ？　だから、世間に全くないってことでもないんだよ。少女漫画《まんが》でもよくあるしな』

「……漫画はフィクションでしょ。それに、女子校の話も本当はダメだし」

『そうかもな。だけど、ずっと前から一緒《いっしょ》に趣味《しゅみ》を楽しめるようなオタク彼氏が欲しいって言ってて。でも、なかなか出会えなくて。そんな真白がいい人を見つけて付き合いたいと望んでるなら、あたしはそれを応援したい。確かにダメなことかもしれないけど、大人としては最低な行為《こうい》かもしれないけど、あたしは幸せそうな真白を見ていたいんだよ』

「紗矢……」

小さく呟くと、紗矢はモニターの向こうから照れ臭《くさ》そうな笑い声を響かせて。

『それに万が一クビになったときには、あたしが雇《やと》ってやるよ。いつでも、アシは募集《ぼしゅう》しているしな』

「ありがと、紗矢。でも……霧島くんは許してくれるかな」

たくさん、酷いことを言ってしまった。

心にもない言葉を口にしたことで、傷つけてしまったかもしれない。

そんな私を——彼は許してくれるだろうか？

『真白なら大丈夫《だいじょうぶ》だ』

紗矢は穏《おだ》やかな声音《こわね》で言った。

『話せば、謝《あやま》ればわかってくれるさ。だって、真白が好きになった男の子なんだろ？』

静かに、こくりと頷《うなず》く。

紗矢は言う。

『……ま、どちらにせよ、よく考えな。さっきはああ言ったけど、どちらを選んだとしても、それが真白の心からの決断ならあたしは応援するぜ』

◇◇◇

氷川先生に別れを切り出されて一週間が経過したある日。昼休み。

何故《なぜ》か、俺は職員室に呼び出されていて。

「……え、部室の掃除《そうじ》をやれ？」

「ああ」

涼真《りようま》が頷く。

職員室に来るのはなんだかんだ久しぶりだった。

チラッと横を窺《うかが》うと、氷川先生はパソコンのキーボードを叩《たた》いて仕事をしていた。もちろん、こちらに視線をくれることもない。それどころか、仕事に集中していて、俺に気づいているのかすら怪《あや》しい。

「えーっと……なんで、俺がそんなことをしなきゃいけないんですか？」

一応、他の先生がいる手前、俺は涼真に敬語で接する。

昼休みに教室でご飯を食べているところを急に呼び出されたのだけど……いや、部室の掃除って。ほんと、何でそんなことしなきゃいけないんだよ。

すると、そんな疑問に答えたのは、涼真——ではなく、他の先生だった。

「それは、あなたが前年度の留年候補に入っていたからです」

職員室の奥から現れたのは、年配の女性——教頭先生だった。

昔はかなりの美人だったのだろう。年を重ねても、皺《しわ》の入った顔立ちがかつての美貌《びぼう》を物語っている。そのせいか、俺は氷川先生以上に厳しい印象を抱《いだ》いていた。

「留年候補に入っていた生徒には、補習課題とは別にボランティア活動をしていただくことになっています。それは、もちろん知っていますね？」

「は、はいっ、それは伺《うかが》いました」

途端に緊張《きんちょう》しながらも、俺は頷く。

確かに、涼真経由でそんな話は聞いた。

だけど、それは夏に行われる学校主催《しゆさい》のイベントの手伝いだったはずなのだけど。

そんな疑問を解消するように、教頭先生は言う。

「それについてですが、急遽《きゆうきよ》手伝っていただきたいことができました。廃部《はいぶ》になった部室を片付ける必要がありまして。申し訳ないのですが、霧島くんにはそれをしていただきたいのです。もちろん、手伝っていただければ夏のイベントには参加しなくても結構です」

「それは、問題ありませんけど……」

そういうことなら、別に大丈夫だ。

そもそも身から出た錆《さび》だしな。俺が悪いのだから、文句を言える立場ではない。

しかし、それだけではなかった。

直後、教頭先生は氷川先生を一瞥《いちべつ》して。

「では、氷川先生もぜひご協力お願いしますね」

「「えっ？」」

「だから、氷川先生は霧島くんと一緒に部室の片付けを行ってください。氷川先生は霧島くんの担任の教師ですし、うってつけでしょう」

その言葉に。俺と氷川先生は思わず顔を見合わせたのだった。

第七章

「…………」

「…………」

慶花《けいか》高校の校舎の端《はじ》っこ。

その教室で、俺と氷川《ひかわ》先生は黙々《もくもく》と手を動かして片付けを行っていた。

ここは、元々、文芸部だったらしい。

そのためか、古びた本棚《ほんだな》が幾《いく》つも設置されており、本がぎっしりと詰《つ》められている。

しかし、その文芸部も三年前に廃部。以来、この高校のルールにより、三年間は入部者がいるかもしれないので、そのまま残してあったが——それも、今年で終わりのようだった。旧文芸部の教室は、新しくできた部に渡《わた》すことになっているらしい。

それで、片付けが必要だとかなんとか。

そうして、教頭先生の命に逆らえるわけもなく、俺たちは本を段ボールに詰めたりしているのだけど……

「…………」

「…………」

き、気まずい。

さっきから、俺と氷川先生の間に会話はない。

それもそうだろう。俺たちは、フッたフラれた同士。普通《ふつう》に考えれば、一緒に作業をするなんて正気の沙汰《さた》じゃない。

だけど、ただそれだけではなくて。

「ひ、氷川先生、そっちはどうですか？　俺、終わったんで手伝いましょうか？」

「大丈夫です。霧島《きりしま》くんはあちらの奥の方の本棚をやってください」

「あ、実はそっちも終わって――」

「では、待機しててください」

「……そう、ですか」

これである。

さっきから、氷川先生は俺を近づけさせようとはしない。

その辺の徹底《てってい》ぶりは、流石《さすが》とでも言うべきか。相変わらず、俺は避《さ》けられ続けていた。

正直、心が折れそうになる、
氷川先生のことは好きだ。でも、ここまでされて傷つかないわけではなくて。

……やっぱり、俺に興味なんてないんだろうか。

「……はぁ」

乙女《おとめ》のような思考とともに、俺は心に立ちこめる暗雲とした想《おも》いをため息に込めた。


──どうしてこうなるの！　ほんと、どうしてこうなるの！

私は黙々と手を動かしながら、内心で思いっきり絶叫《ぜっきょう》していた。

せっかく、霧島くんから距離《きょり》を取っていたのに。……まさか、こんなことになるなんて予想外だ。

しかも、また霧島くんのことを反射的に避けてしまって。

……私の馬鹿《ばか》。別に、手伝ってもらうぐらい問題ないはずなのに。

過剰《かじょう》反応、しすぎなのだろうか。

でも、そうしないと、心が揺《ゆ》れてしまうから。

頑張《がんば》って胸の奥に抑《おさ》えこんだ気持ちが溢《あふ》れてしまうかもしれないから。

だから、私は彼を遠ざけるしかなくて。

「……はぁ」

教室の端っこから、溜息《ためいき》が聞こえてくる。

私が思わずチラッと見ると、霧島くんは掃除をしながら辛《つら》そうに顔を歪《ゆが》めていた。

……もしかして、私のせいなんだろうか。

ずきり、と心が痛む。

私が避けるから。だから、あんな顔をしているんだとしたらそんなに辛いことはなくて。

話しかけたい。昨日見たアニメの話をしたい。

避けてるのは、嫌《きら》いなわけじゃないって言いたい。

ほんとは、好きって——伝えたい。

だけど、それは許されない。

私は教師で、あの子は私の生徒なのだから。

鈍感《どんかん》になれ。人の感情に、痛みに。そうすれば、楽になれる。

そうすれば、私は教師でいられる。

そう必死に抑えこんで、私は鉄仮面を纏《まと》い続けた。


それから、何分経《た》っただろうか——

部室の片付けも終盤《しゅうばん》にさしかかっていた。

あと、本棚一つ分だけ終われば、俺たちの仕事は終わりだ。

まあ、そこ、氷川先生の担当で――俺が手伝いを断られたところなんだけどな。

俺は埃《ほこり》などを掃《は》きながら、文芸部だった部室を眺《なが》める。

うん、最初に比べれば随分《ずいぶん》と綺麗《きれい》になった。まだ、もうちょっと掃除は必要かもしれないが……まあ、教頭先生から指示されたことは終わったし、問題ないだろう。

そのとき。――ぐらっと、一つの本棚が大きく揺れた。

何が原因かはわからない。本棚に詰められた本のバランスを崩《くず》してしまったせいかもしれない。なんにせよ、本棚は傾《かたむ》いて倒《たお》れていって。

しかも、それは氷川先生が担当していた本棚で。

されど、氷川先生は気づいていなかった。

「っ」

瞬間《しゅんかん》、俺の身体は無意識のうちに動いていた。

まるで、非常階段の時のように――ほんと、最近こういうの多いよな！

氷川先生に冷たい態度を取られていた。避け続けられていた。

だけど、そんなこと関係なく、俺の身体が数メートルの距離を勝手に疾走《しっそう》する。

そうして、氷川先生と本棚の間に飛び込んでいって。

「──っ」

い、痛ってえええええええ！　上から本が落ちてきて、頭にぶつかるし！　本ってこんな凶器《きょうき》だったのかよ！

あまりの痛さに思わず呻《うめ》いて目を瞑《つぶ》ってしまうが、しかし、瞼《まぶた》を開いたときに見えたのは氷川先生のぽか～んと口を開けた姿だった。

この様子なら傷を負ったようには思えない……良かった。何とか守れたようだ。

「だ、大丈夫《だいじょうぶ》、霧島くん!?」

「あ、はい。大丈夫です、本棚にもそんなに本が入ってなかったんで──痛っ」

ポタッと、血が落ちてきて手に付着する。

同時に、ずきりと痛む頭。

どうやら、落ちてきた本で額を少し切ってしまったらしい。まあ、この程度なら絆創膏《ばんそうこう》でも貼《は》っておけば大丈夫だろ。

だが、氷川先生はそうは思わなかったらしい。

顔面蒼白《そうはく》で、氷川先生は身体を震《ふる》わせて。

「ほ、本当に大丈夫、霧島くん!?　ひ、額から血が！」

「あ、いや、別にこれぐらいなら問題ないっす。放っておけば勝手に止まりますから」

「それは駄目《だめ》、ちゃんと治療《ちりょう》しないと！　ちょっと、私、保健室から救急セットを取ってくるから。霧島くんはここで安静にしてて！」

「そんな大袈裟《おおげさ》な。別に、大丈夫ですよ。それに、片付けもまだ終わってないし――」

「だ・め・で・すっ」

氷川先生は恐《おそ》ろしく真剣《しんけん》な顔で、はっきりと言い放った。

「いい？　ちゃんとそこに座っててね」

それだけ言って、氷川先生はパタパタと駆《か》けていく。

その様子は、冗談《じょうだん》のようには思えなかった。――本当に心配してくれているみたいだ。

その心遣《こころづか》いは、とても嬉《うれ》しくて。俺は氷川先生がいない教室で一人でニヤけてしまう。

それから、ほどなくして、氷川先生は行きと同じく足音を響《ひび》かせながら戻《もど》ってきた。

だが、

「……氷川先生、どれだけ持ってきたんですか？」

両手いっぱいの救急セット。まるで、保健室から掻《か》き集めてきたみたいだった。

氷川先生は、頬《ほお》を赤くしながら。

「……ほ、保健室の先生がいらっしゃらなくて……正直、どれを持ってくればいいかわからなかったから、そ、その、目に付いたものを取《と》り敢《あ》えず」

「え、もしかして全部持ってきたんですか？」

「ぜ、全部じゃないよ？　他の方が使うかもしれないから。だから、半分だけね？」

それは、あんまり変わらないんじゃないだろうか。

氷川先生は持ってきたものから消毒液やガーゼを取り出して、俺に近づいてくる。

それから、手を伸《の》ばして。

「え、えっ？　だ、大丈夫ですよ。治療ぐらいなら、俺が一人でやりますから」

「駄目、霧島くんは怪我《けが》人なんだから。大人しくしてて」

「でも――」

「それに……これぐらいは、やらせて」

氷川先生が陰《かげ》のある笑顔《えがお》をつくる。

それは、明らかに自責の念に駆られているもので。

そう言われれば、強く断ることもできなかった。

「……じゃ、ちょっと痛いかもしれないけど、我慢《がまん》してね」

「っ」

「ほら、あんまり動かないで」

俺が椅子《いす》に座っていると、氷川先生が身を乗り出して顔を覗《のぞ》き込むような体勢で額にガーゼを当ててくる。

だけど、その体勢は氷川先生の胸元《むなもと》を上から覗き込むようなものでもあって。

っ！　め、目のやり場に困るんだけど！

だが、顔を逸《そ》らそうなものなら、氷川先生から「動かないで」と注意されてしまう。仕方なく、目を瞑って我慢しようとするが……その分、何だか良い匂《にお》いが漂《ただよ》ってきてどちらにせよ邪《よこしま》な考えが脳裏《のうり》を離《はな》れなかった。

放課後。

橙色《だいだいいろ》の陽光が教室に差し込み、さらっとした風が肌《はだ》を撫《な》でる。

額に痛みを感じてはいるものの——氷川先生とのこの時間は幸せなものだった。怪我をして良かったとまでは言わないが、少なくとも氷川先生を助けられて良かったとは思った。

「……どうして、あんなことをしたの？」

ガーゼで優《やさ》しく傷を消毒しながら、氷川先生が不意に消え入るような声で囁《ささや》いた。

「霧島くんは生徒で。私はその生徒を指導して……守らなきゃいけない教師なのよ？　だから、霧島くんは危ないことをしなくていいの。二度と、こんなことしないで。その、心配しちゃうから」

「えっと……それは、その、無理です」

「えっ？」

バッと、氷川先生が顔を上げる。

だけど、それは約束できなかった。

こんなことが、またあれば——俺は迷わず飛び込むだろう。

それは、相手が教師だからではない。氷川先生だからだ。好きな人が危ない目にあっているなら——俺は躊躇《ためら》わずに飛び込んでしまうと思う。

「あの、氷川先生」

俺は真っ直《す》ぐに、彼女を見つめた。

木乃葉《このは》に発破をかけられてから、俺は色々と考えてきた。

氷川先生にフラれてしまったけれど、しかし、もう一度伝えたいことがあった。

そしてそのための努力を、俺はこれまでの一週間やってきた。

それが、今ならいけると思った。今なら大事なことを伝えられると思った。

俺は覚悟《かくご》を決めると言う。

「氷川先生に伝えたいことがあります。——だから、この後、時間もらえませんか？」

◆　◆　◆

……伝えたいことって、いったい何だろう。

日が暮れそうな空のもと、私は霧島くんの後を追って歩いていた。

ぎりぎり、「偶然《ぐうぜん》同じ方向に向かっていた」と言える範囲《はんい》の距離《きより》感。

それを保ちながら、私は霧島くんについていく。

別に、律儀《りちぎ》についていく理由はなかったのだけれど……でも、あんなに真剣に言われれば無視することはできなかった。それに、怪我をさせたという負い目もあるし。

仕事は一旦《いったん》中断していた。

先日、がむしゃらに仕事をしていたおかげで何とか時間を空けることができたのだ。

慶花高校はその辺の融通《ゆうずう》が利くことが多い。もっとも、残業の融通っていうか、どれだけ学校で仕事をしていても怒《おこ》られない環境《かんきよう》でもあるんだけど。

生徒が帰っている時間帯に、学校の外に出るのは久しぶりかもしれなかった。

だけど、今は霧島くんが道を選んでくれているのか生徒の姿は誰一人《だれひとり》として見えない。

だから、私も霧島くんに声をかけることができる。

「あの、霧島くん。どこに向かっているの？」

「えっと、秘密です。もうちょっとなんで、ついてきてください」

何度かそう訊《たず》ねているが、霧島くんは頑《がん》として教えてくれない。

その……う、疑っているわけじゃないけど、へ、変なところじゃないよね？　いきなり西洋風のお城っぽい建物に連れ込まれたりしないよね？

そんなドキドキを内心でしていると、急に前方の視界が開けて――

「わぁ……」

私は思わず小さく感嘆《かんたん》の声を発した。

この慶花町の全貌《ぜんぼう》が一望できる高台だった。

少し離れたところに、うちの高校も見える。道理で長時間歩く必要があったわけだ。

しかし、それだけではなかった。

この高台には、寂《さび》れた、今では使われてないような教会があって。

……あれ、こんな光景どこかで見たことがあるんだけど。

もしかして、前に来たことあった？　いや、そんなはずがない。だって、霧島くんに案内されるまでここの存在知らなかったし。しかも、この光景は、私が直接見たことがあるというよりかは、テレビで流れていたような――

「あっ！　き、霧島くん！　ここってもしかして！」

「流石《さすが》、氷川先生っすね。もう気づいたんですか。ここ、『アオの奇跡《きせき》』の十六話であったシーンにそっくりですよね」

うん、そうだよね！　へぇー、こんなとこ慶花町にあったんだ！

数年間、慶花高校に勤めて通っていたのに、こんな場所なんて全く知らなかった。

ちなみに、アオの奇跡の十六話とは、私が大好きなアレスの告白のシーンだ。

前に、カフェで霧島くんに見せたところでもある。

でも、まさか、アレスの告白シーンの光景に近い場所が見れるとは思わなかった。

いや、実際には「何となく似てるかも？」程度で、違《ちが》うところもいっぱいあるんだけど
——この夕焼けも相まって、とても引き込まれる。

まるで、私自身が作中の人物になったような——

「氷川先生」

霧島くんが、こちらを向く。

その顔つきは真剣そのもので。私は思わずドキリとさせられてしまう。

「まず、初めにすみません、忙《いそが》しいのに時間をつくってもらって」

「それは、別に大丈夫だけど……伝えたいことってなに？」

もしかして、告白関連の話だろうか。いや、恐らくそれだろう。こんな、私が好きなそ

うな場所に連れてきて。きっと、それしかない。

じくりと胸が痛む。

何度言われたって、私の答えは決まっている。

紗矢《さや》には応援《おうえん》するとは言われたけども――でも、そう簡単に割り切れるほど、私は素直《すなお》じゃない。霧島くんのことを考えれば、そして私のことを考えても、私たちが付き合うことにはデメリットが多すぎるのだから。

そんな私の胸中に対して、彼は「教師と生徒の関係についてです」と簡潔に言った。

「あれから、涼真《りょうま》――えーっと、知り合いの先生にそれとなく聞いたりして色々と調べました。やっぱ、教師と生徒って恋人《こいびと》になるって難しいんですね」

「……そういう話なら、私はする気はないから」

聞いてしまったら、きっと未練が残ってしまうから。

それだけではなくて、絆《ほだ》されてしまうかもしれないから。

だから、私はその話を先んじて止めようとする。

いつものように――厳しく生徒に接するときのように。

「言ったでしょ。霧島くんは理想じゃないって。君はそれが冗談とでも思っているの？」

「いえ、そういうわけじゃ――」

「そもそも、私は霧島くんとの時間を楽しいと思うことなんてなかったから」

言いたくないのに。でも、霧島くんが踏《ふ》み込んでくるから、彼を遠ざけるために心にも思ってないことを口にしてしまう。

だけど、もう止まらなかった。

これ以上、嫌《きら》われるのは避《さ》けたいのに——私はその一言を吐《は》き出してしまう。

「た、たまたま、今は彼氏がいないから受け入れただけで。何を勘違《かんちが》いしているのかわからないけど、私は君に好意的な感情なんて持ってないからっ。全部、嘘《うそ》です。正直、霧島くんのことなんて、き、嫌いなんだからっ」

ああ、言ってしまった。

私は震《ふる》える吐息《といき》を吐き出して、顔を俯《うつむ》かせた。

心の中で刺々《とげとげ》した感情があちこちに突《つ》き刺《さ》さり、胸が鮮烈《せんれつ》に痛む。

きっと、これで完全に嫌われた。

自分で決断して、自分でやったくせに、どうしようもなく苦しい。

でも、これで霧島くんも諦《あきら》めてくれたはずだ。こんな私になんか愛想《あいそ》を尽《つ》かして、ここから去って行くはず——。

しかし、

「えーっと、俺が言うのもなんですけど……それって、嘘ですよね？」

暴言を吐いたにもかかわらず、霧島くんは困ったように笑っているだけだった。

「う、嘘じゃない。私は、本気よっ」

「えーっと、なんというか、それを説明するのもいいんですけど……これ、先にお返しします。遅《おそ》くなって本当にすみません」

そう言って手渡《てわた》されたのは、なくしたと思っていた手帳で。

え、えっ？　これ、霧島くんが持ってたの？

しかも、これはただの手帳じゃなくて、実は日記帳みたいな一面もあって。

私は声を震わせながら訊ねる。

「も、もしかして、霧島くん……中、見た……？」

「……氷川先生って裏表のない素敵《すてき》な方ですよね」

「絶対見たでしょ！」

絶対！　絶対見てる！　じゃないと、そんな台詞《せりふ》が出てくるわけないもん！

あまりの羞恥《しゅうち》で、頬《ほお》が熱くなっていくのを感じる。

なにせ、あの手帳には、霧島くんと出会ってからのことだったり……なによりも、こういう男の子と付き合いたいなっていう、イタいことまで書いてあるのだから。

それを、まさか霧島くんに見られたなんて。

「ち、違うの！　あ、あれは、そういうんじゃなくてねっ、その、なんていうか……」

だけれど、咄嗟《とっさ》に上手《うま》い言い訳が出てくるわけもなくて。

「……………………はい、私がイタいやつです。ほら、霧島くんも笑っていいんだよ。ははっ（死んだ目）」

「急にどうしたんですか、氷川先生!?」

霧島くんが心配そうな表情をしてくれるが、私はそれどころじゃない。ああ、あんな恥《は》ずかしいの見られるなんて。しかも、よりにもよって本人に。

私が落ち込んでいると、霧島くんはこほんと咳払《せきばら》いをして。

「……でも、やっぱり氷川先生の言っていることは正しいです」

そっ、と。

僅《わず》かに視線を落として、彼は言った。

「今の俺には責任は取れません。もし、付き合ったとしても――バレたときには、結局、責任を取らされるのは氷川先生だから。どれだけ言っても、俺は子供で、氷川先生は大人だから。そんな俺が付き合ってくれって言っても、確かに無理だってなりますよね」

「なら――」

「だから、俺も覚悟を決めます」

はっきりと宣言して、霧島くんは顔を上げた。

その瞳《ひとみ》には、確かな覚悟が宿っているように思えた。

「世間に嘘をつき続ける覚悟を決めます。周囲を騙《だま》し続ける覚悟を決めます。バレないように、努力をし続ける覚悟を決めます。何が起こっても解決できるよう、努め続ける覚悟を決めます。先生を守り続ける覚悟を決めます。そして、責任を取る覚悟を決めます」

「責任を、取る覚悟……？」

「はい」

霧島くんは頷《うなず》くと、ポケットから何かを取り出した。

橙色《だいだいいろ》の陽光が降り注ぎ、それが煌《きら》めく。

それは、リングケースだった。つまり、それには指輪が入っているということで。

「え、それって……」

霧島くんがリングケースを開くと、中に入っていたのは『アオの奇跡』で見たことがある指輪だった。しかも、私の大好きなアレスが作中でヒロインに贈った指輪で。

え、どうやって⁉　どうやって手に入れたの⁉　公式にはなかったはずなのに⁉

私は思わず見惚《みと》れてしまい——

不意に、今の光景とアニメが重なる。

確か、アニメでは、夕暮れの教会の前でアレスがヒロインにプロポーズして――

そこで、ようやく、私は霧島くんがどうしてこの場所を選んだのか察した。

私があのアニメが好きだと言ったから。私が、霧島くんに「理想」ではないと言ったから。私が趣味《しゅみ》を受け入れてくれるような――一緒《いっしょ》に好きな作品を夢中になってくれる男の子が好きだと、あの手帳に書いていたから。

そうして、きっと――少し前に、私がこんなプロポーズが理想だと言ったから。

だから、霧島くんはこの舞台《ぶたい》を用意してくれて。

「っ」

景色に合わせて、何十回も見たアニメの台詞が脳内で鮮明《せんめい》に蘇《よみがえ》る。

そうして、それに合わせるように、霧島くんも言う。

『今の俺はまだ弱くてお前を守れるほど強くねぇかもしれないけど』

「俺、馬鹿《ばか》だから先生の理想の男には程遠いかもしれませんけど」

『たくさん鍛錬《たんれん》して、努力して、いつか絶対になってやるからさ』

「たくさん勉強して、努力して、いつか絶対になってみせますから」

『――だから、俺と結婚《けっこん》してください』

その姿は――まさに、私の〝理想〟そのものだった。

◇　◇　◇

俺は全ての精神力を振《ふ》り絞《しぼ》ってプロポーズをする。

これが、俺の考えたことだった。

氷川先生の理想のように振る舞《ま》って告白する――場所は近くにあったアニメのシーンに似ているところで。指輪に関しては、以前に木乃葉が教えてくれたアクセサリーショップで購入《こうにゅう》したのだ。そして、チャンスがあったら、いつでも出来るように学校に持ってきていたりしていたのだけど。

そんな告白に対して、氷川先生は顔を俯かせて黙《だま》りこくったままだった。

え、えっ、あれ？　やっぱ、こんなんじゃ駄目《だめ》か？

俺が不安になって泣きそうになっていると、氷川先生は顔を上げる。

その表情は、どこか不思議そうにしていて。

「あの……まず、最初に一つ聞いておきたいことがあるんだけど」

「霧島くんってまだ高校二年生だよね……？　どうやって結婚するつもりなの？」

「そりゃそうですよね！」

当然すぎる正論に、俺は叫《さけ》んで崩《くず》れ落ちた。

わかってるわかってるよ、それぐらい……でも、これしかないと思ったんだよ……。

ああ、終わった。

絶対に、氷川先生に引かれてる……いや、だって冷静に考えればいきなりプロポーズとか正気じゃないもんな。ほんと、何でこんなことをしようと――

「でも――嬉《うれ》しかったよ」

「え……？」

顔を上げると、氷川先生はふわりと微笑《ほほえ》んでいた。

「霧島くんが、私のために頑張《がんば》ってくれたのは……その、たくさん伝わってきたから。だからね、け、結婚とかそういうことは……なんといいますか、霧島くんが卒業してからということで」

「……えっ？」

一瞬《いっしゅん》何を言われているかわからず、マジマジと見つめてしまう。

氷川先生はそっぽを向いたまま、耳の端《はし》まで朱色《しゅいろ》に染めていた。

「そ、それって、もしかして——」

「に、二度は言わないから。だって、霧島くんにそれだけ言われたら……私だって折れないわけにはいかないじゃない。それと……その、これだけは勘違《かんちが》いして欲しくないんだけど、私だって………だから」

「え、なんですか？」

「だ、だからっ。わ、私だって、霧島くんのことが……なのっ」

「え、なんですか？」

「だ、だからっ！　わ、私だって霧島くんのことが好きなのっ！」

「え、なんですか？」

「今のは明らかに聞こえたでしょ⁉　なんでそんな難聴《なんちょう》系主人公みたいなことするの！」

いや、だって、氷川先生が可愛《かわい》いからさ。

けど、こうして怒《おこ》ってくれているのが少し嬉しかったりする。

俺がMってわけじゃなくて……これまでの氷川先生はどこか他人行儀《たにんぎょうぎ》で。怒ってるって
ことは、それぐらい距離《きょり》が縮まったんだと感じてしまうから。

氷川先生がそっと近づいてきて、小声で囁《ささや》く。

「もうわかっているかもしれないけど……私、面倒《めんどう》よ？」

「そんなところも大好きです」

「霧島くんの人生を狂《くる》わせてしまうかも」

「氷川先生と一緒なら、それも楽しそうですね」

「酷《ひど》いこと言ってごめんね」

「気にしないでください。俺は、氷川先生の新しい一面を知れたようで嬉しかったんで」

「霧島くん、それはちょっと変態チックなんじゃない？」

「氷川先生のことが大好きってだけなんで問題ありません」

「それは、その……知ってる」

恥ずかしそうに言うと、氷川先生は不意に教会に向かって一歩前に踏《ふ》み出した。

それから振り向くと、斜陽《しゃよう》をバックにして輝《かがや》くような笑みをつくって。

「霧島くん。私は、最低で駄目駄目《だめだめ》な大人だけど」

「――これから、ずっとずっと、私と一緒に『嘘《うそ》』をつき続けてくれる？」


「はい、もちろんです」

俺は即答《そくとう》した。

氷川先生は困ったような笑顔をつくると、呆《あき》れたように溜息《ためいき》を吐《は》き出して。

それから、覚悟《かくご》を決めたような表情とともに、前を向いて言い放つ。

「――じゃあ、これからよろしくね、霧島くん」

こうして、俺と氷川先生は――二回目の恋人《こいびと》関係を結んだのだった。


夕暮れの道。

俺と氷川先生は二人で足並み揃《そろ》えて来た道を引き返していた。

一緒に歩いていると、微《かす》かに手の甲《こう》が触《ふ》れ合って。お互《たが》いに照れ臭《くさ》そうに微笑んで。そんな風に笑い合えるのが、堪《たま》らなく嬉しい。

天を仰《あお》ぐと、俺たちを祝福するような綺麗《きれい》な夕焼けが広がっていた。

思わず目を細めると、口元を緩《ゆる》ませてしまう。

「じゃ、私は一旦《いったん》学校に戻《もど》るね……その、仕事を終わらせなきゃいけないから」

学校が近づくと、氷川先生はどこか寂《さび》しそうに言った。

「じゃあ、また明日、霧島くん」

「いえ、学校まで送っていきますよ……距離には気をつけますけど」

「そ、そう？　それなら、お願いしよっかな」

途端《とたん》に、嬉しそうに微笑む氷川先生。

そこからは、お互いの距離に気をつけながら学校まで歩いて行って。

——と、慶花高校が近づいてくると、屋上で、ヤンキーのような金髪《きんぱつ》の少女が制服姿でその上層階で黄昏《たそが》れているのが視界に入った。

ん？　俺以外に、あんな派手な生徒ってうちの高校にいたっけ？

疑問を覚えていると、金髪ヤンキー少女と目が合ったような気がした。

それだけじゃなく、俺たちが更《さら》に学校に近づくと、少女は目を丸くする。

俺たちは離《はな》れているというのに——まるで、俺と氷川先生がどんな関係か察したように。

屋上から出て行ったのか、視界からヤンキー金髪少女が消える。

しかし、妙《みょう》な胸騒《むなさわ》ぎはいつまで経《た》っても消えはしなかった。

第八章

俺と氷川《ひかわ》先生が、再び恋人になって一週間近くが経過した。

そして、その間、特に何もなかった。

◆　◆　◆

「…………」

職員室。

私はパソコンのキーボードを叩《たた》いて、黙々《もくもく》と作業していた。

時折強く叩きすぎてしまって、隣《となり》で作業をしている先生がびくっと身体を震《ふる》わせる。私は慌《あわ》てて頭を下げるも、その先生は引きつった表情で返してくるだけだった。

これでは、駄目だ。

それは、わかっているのだけれど……内心のモヤモヤは一向に消えないままだった。

私と霧島《きりしま》くんが再び恋人になってから、既《すで》に一週間近くが経過していた。

その間、特に何もなかった。本当に何にもなかった。

それこそ、あれ以来、ただの一度も二人きりになれてないほどには。

何故《なぜ》かといえば——私があまりにも忙《いそが》しすぎたのだ。

四月の終わりには、慶花《けいか》高校と地元が一体となってお花見祭りをすることになっている。

そのための皺《しわ》寄《よ》せが来ており、なかなか時間がつくれていないわけだった。

ここ最近は、毎日、帰るのは辺りが真っ暗になってからだ。

もちろん、家が近くなのだから会えないこともないのだが……教師としては、生徒と付き合う以上、節度がなければいけないと考えている。夜に、一人暮らしの彼氏の家に行くなんて、色んな意味で危険だし。万が一にでも、誰《だれ》かに見られたら一発でアウトだ。

だから、会えないのは仕方ないと割り切っているのだけど。

でも、霧島くんが「あ、それなら仕方ないですね」とあっさり了承《りようしよう》したことが、とってもとってもモヤモヤするのだ。

少しぐらい、我儘《わがまま》を言ってくれていいのに。

寂しいです、会いたいです、って言ってくれてもいいのに。

時間をつくることはできないけれども、それでもそう言ってくれたら、こんなにもモヤモヤすることはなかったのに。これでは、もしかして。

（……もしかして、二人きりで会いたいって思ってるのは、私だけなの？）

そう思ってしまうと、ちょっぴり拗《す》ねてしまう。

だけれど、一向に、霧島くんはそんなことを言ってくれなくて。

まるで、寂しいのは、会いたいのは、私だけみたいで。

（……私のこと、好きって言ったのに）

うううと唸《うな》りながら、私は何とか仕事に没頭《ぼっとう》した。

◇◇◇

恋《こい》には不思議な力があると思う。

たとえば、妙にやる気になったり。彼女のためなら、何でも出来る気がしたり。

氷川先生と恋人になってから一週間近くが経った早朝。

俺もそんな風にやる気に満《み》ち溢《あふ》れていて、朝から図書室で久々に勉強をしていた。

一段落終わると、シャープペンシルを放り投げて大きく背伸《せの》びする。

ここ最近続けている日課ではあるけれども、慣れていないせいか妙に肩《かた》が凝《こ》る気がする。

けど、

……やっぱ、全然わかんねーな。

勉強を遠ざけていたせいか、つい先週出された課題のプリントがほとんど解けない。せっかくやる気が出てるから、朝から学校にやってきて勉強に手を出したけれど——これまで、サボったツケは大きいみたいだ。

ところで、何故、俺が急にこんなことをしているかというと……うん、小《こ》っ恥《ぱ》ずかしいから、あんまり言いたくはないけれど、あれだ。

端的《たんてき》に言うと、氷川先生に格好悪いところを見せたくないからだ。

氷川先生には、頭が悪いと思われたくない。昨年の成績は絶対に見られているので手遅《ておく》れかもしれないが、それでも、今年から頑張ればまだ誤魔化《ごまか》せる可能性もある。

だから、俺は氷川先生の前ぐらいでは良い点数を取ろうと、柄《がら》にもなく図書室で勉強していたりするのだけど。

もちろん、「出来ないとわかっていることには努力もしないし、時間を使わない」という主張を大きく変えたつもりではない。

だけど、見栄を張るためには、まあ、それもいいかなと思ってるのも事実で。

結局、俺の主義主張なんてそんなもんなんだろう。

「うしっ」

今日のノルマを終えると、俺は荷物をまとめて立ち上がる。

――それにしても。

あの金髪ヤンキー少女は何だったんだろうか？　もしかしたら、バレたかも……と思ったが、あれ以降、向こうから接触《せっしょく》してくることもなかった。かといって、俺と先生のことが噂《うわさ》されることもない。完全に何もなしだった。

一時期は、氷川先生にも相談しようかと思ったが、ここまで何もなければむしろ不安を煽《あお》ってしまうだけ。それも止《や》めておいた方がいいんだろう。

実際、氷川先生は今はとても忙しくて、もう一週間も二人きりになれていないし。

なにせ、授業ですら最後にあったのは三日前ぐらいだ。

本心を言えば、氷川先生に「今すぐ会いたいです」と言いたい気持ちはある。

だれけど、先生は社会人で。今は忙しい時期なんだから、多分、そんな我儘なんて言っちゃいけない。ネットの記事に、そういう生活習慣の違《ちが》いが別れる原因になるって書いてあった気もするし。ここは、学生で時間の融通《ゆうずう》が利《き》く俺が合わせないと。

いやー、それにしても、空気読めすぎる彼氏ってのも考えもんだよなー。

全部察しちゃう？　みたいな？　まあ、このぐらいは彼氏としては当然だけどね？

そんなことを考えていると、ホームルームの時間がやってくる。

俺は自分の教室に行くために、鞄《かばん》を持って立ち上がって。

「ちょっと待ってくれるかしら、君」

その声に、思わず足を止めてしまう。

辺りを見回すが……他に誰もいない。ってことは、もしかして俺に話しかけてるのか？

「なに、首を回しているの？　君よ、君。霧島君」

声の主に今度こそ向き直ると、そこには一人の女性が立っていた。

確か、図書室の司書の先生だ。見た目は、保健室の先生っぽくて、なんというか『妖《よう》艶《えん》』っていう言葉が凄《すご》く合っている気がする。名前は……わからない。ここ最近、図書室にやってきて勉強しているときに、何度か見かけたことがある気がするけど。

でも、なんで向こうは俺の名前を？

そんな疑問が顔に出ていたのか、司書の先生は呆れたような表情をつくって。

「あのね、私も生徒全員の名前と顔を覚えてるとは言わないけど……君のことは流石《さすが》に知っているわ。君、有名人だもの」

「そ、そうっすか……で、えーっと、なんか用ですか？」

「ええ。最近、図書室に通ってくれてるみたいだけど……もっと、快適に過ごすために働いてみない？　ちょっと、人手が足りなくて手伝って欲しいの」

「手伝い、ですか」

「そうね。具体的には、この間、購入《こうにゅう》したばかりの本を棚《たな》に並べて欲しいの。一応、教師何人かと図書委員の子には声をかけているんだけど……結局、つかまったのは女の子が多くて。君みたいな、がっちりした男の子がいると嬉《うれ》しいんだけど」

「……別にいいですけど、俺がいると、他の人は作業しにくいと思いますよ？」

「ぷっ」

真面目《まじめ》に答えたつもりだったのに、司書の先生は何故か急に噴《ふ》き出した。

彼女はお腹を抱《かか》えながら、くすくすと笑う。

「ふふ、き、霧島君って面白《おもしろ》い子だったのね。くくっ……ふ、普通《ふつう》、自分から『他の人が作業しにくい』とか言う？」

「い、いや、でも、事実ですし……」

「あー、最近頑張《がんば》ってるみたいだから、噂と違うのかなーって思って、声をかけてみたけど……予想以上に、君、面白い子ね。もちろん良い意味で」

「そ、そうっすか」

「まあ、確かに君がいると怯《おび》える子がいるかもしれないけど……でも、一緒《いっしょ》にやるような作業でもないし問題ないでしょう」

「仮にも先生がそんなこと言いますか？」

「事実なんでしょう？」

「そう、ですけど」

「じゃあ、取《と》り敢《あ》えずお願い。できたらでいいから。——じゃあ、今日の放課後ね」

ひらひらと手を振《ふ》りながら、司書の先生は図書室の奥の小部屋に消えていく。

まあ、別に用もないからいいけどさ。

俺は面倒《めんどう》なことを引き受けたかもなと思いながらも、息を吐《は》き出して。


そうして、放課後。


図書室に行くと、案の定、図書委員の生徒たちからぎょっと目をむかれた。

え、なんでいるの？ みたいな。

だが、それを口に出して聞いてくる生徒も表立っていない。そうなってくると、何も聞かれていない以上、「頼《たの》まれたからなんです」と答えるのも変だ。

結果的に、図書委員の生徒たちのグループとは少し離《はな》れて、俺がぽけーっと突《つ》っ立っているという形になってしまった。そこそこ人数がいるはずなのに、図書委員のグループからは話し声が全然聞こえない。こそこそとした内緒話《ないしょばなし》っぽいトーンは聞こえるけどね！

お願い、先生！　早くきて司書の先生！　俺にはこの空気は辛《つら》いです！

そんなことを内心で叫《さけ》んでいると——

「あ、あの、桜井《さくらい》先生！　わ、私は仕事があるのですが……」

「まあまあ、仕事ばかりだと効率性が落ちるわよ？　たまには息抜《いきぬ》きぐらいしないと。それに、人手が全然足りなくて……ね、私を助けると思って。いいでしょう、真白《ましろ》先生？」

「あ、あの、真白先生と呼ばないでください。生徒に示しがつかなくなります」

そんな風にいちゃいちゃしながらも、図書室に引きずられて来たのは氷川先生だった。

氷川先生の姿をホームルーム以外で見たのは、久しぶりだ。

一気に胸が高鳴って、嬉しくなってしまう。ふーん、そうなんだ。あの司書の先生と一緒にいると、氷川先生ってこんな感じなのか……

一方で、氷川先生も俺がいることに気づいたのか目を大きく見開いた。

氷川先生以外に気づかれないように、俺は小さく手を振る。だが、

（…………え？）

ぷいっと、氷川先生は顔を背《そむ》けた。

教師モードなのに、心なしか不機嫌《ふきげん》そうに頬《ほお》を膨《ふく》らませて拗ねている。

い、いったいどうしたんだ？　って、他にもいっぱい生徒がいるのにそんな態度取って大丈夫《だいじょうぶ》なのか？

「じゃあ、みんな揃《そろ》ってるわね。今日は手伝ってくれてありがとう。あっ、急にお願いしたのに、霧島君もありがとね」

「い、いえ……」

「それじゃ、今日はみんなに本を分類ごとに棚に詰《つ》めてもらいたいと思うわ。だいたいの分類は終わってるから、あとは著者名の五十音順に並べてくれればいいから。で、図書委員の子たちは学年ごとに割《わ》り振るとしても……霧島くんはどうしましょうか」

「え？」

「私と真白先生、どっちかについて手伝って欲しいんだけど……どっちがいい？　私としては、君みたいな力持ちは私の方に来て欲しいんだけどなぁ」

急に突きつけられる二択《たく》。

でも、

（ああ、もう。氷川先生そんな顔をするなよ……）

氷川先生は未《いま》だに拗《す》ねた様子を見せつつも、チラチラと見てきながら、ちょっぴり不安げな顔をするという高等芸当をやってのけていた。

全く、そんな顔をしなくても、俺の答えなんて最初から決まっているのに。

氷川先生にだけわかるように、俺が微笑《ほほえ》むと、彼女は僅《わず》かにだがパッと笑みを輝《かがや》かせた。

それから、俺は司書の先生に言う。

これ以上ないぐらい、はっきりと。

「いえ、俺は一人がいいです」


ふんふんふーん♪

俺は鼻歌を奏《かな》でながら、一人ぼっちで作業をしていた。

やっぱ、こういう作業は一人でするのが気が楽だ。

もちろん、氷川先生と一緒に作業をすれば楽しいに決まっているだろうけど……俺たちが恋人《こいびと》である以上、変な勘《かん》ぐりをさせないためにも不用意に接触するべきでもないだろう。

ちょっと考えすぎかもしれないけど。

その点、自画自賛であるが、さっきの俺の対応は完璧《かんぺき》といっても差し支《つか》えなかった。

本当は寂《さび》しいし、一緒にいたいけど……こればっかりは仕方ない。

多分だけど、氷川先生も俺の対応に感激してるだろうなー。

……のはずなんだけど、何故《なぜ》だろう。先程《さきほど》から寒気が止まらないのは。

なんか妙《みょう》に、氷属性の気配を感じるというか。

はっ！　これはもしかして殺気！

バッと振り向くと、そこにいたのは——

「……って、氷川先生、何をやってるんですか？」

棚の端《はし》っこから顔だけ覗《のぞ》かせて、氷川先生がじとおおおっとした目線で抗議《こうぎ》していた。

しかも、滅茶苦茶《めちゃくちゃ》むくれてしまっている。

頬なんて、ぷくぅぅぅとリスのように膨らんでいる。

……えーっと、いったいどうしたんだ？

不機嫌そうな雰囲気《ふんいき》だけは伝わってくるんだけど。その行動の真意がさっぱり読めない。

辺りに他に誰《だれ》もいないのを確認《かくにん》しながら、俺はそれを訊《たず》ねてみることにする。

「えっと……どうしたんですか、氷川先生？」

「…………（ぷいっ）」

「おーい、氷川先生ー？」

「つーん」

なにそれ、超可愛《ちょうかわい》いんだけど。

氷川先生はそっぽを向いて、君の事なんて無視してますよスタイルを取っていた。

ぶっちゃけ、可愛くてしかたないが……あれ、多分、怒《おこ》ってるよな？

え、俺、なんかした⁉　何も身に覚えなんてないんだけど⁉

しいていえば、氷川先生が仕事に集中できるように少し避《さ》けてたぐらいだけど——そんなはずないだろうし。まさか、さっきの「一人でします」発言のせいでもないだろうし。

ってなると、いったいなんだ？

そんなことを思っていると——

「……………うううぅぅっ」

不意に苦しそうな声を発して、氷川先生が頭を抱えて崩《くず》れ落ちた。

まるで、エクソシストに祓《はら》われている悪魔《あくま》のような反応。

慌《あわ》てて駆《か》け寄ると、俺は声をかける。

「ひ、氷川先生⁉　きゅ、急にどうしたんですか？」

「いや、なんかこういう反応って年齢《ねんれい》制限あるなって思って……二十五歳のおばさんには無理があるよね……はは、馬鹿《ばか》みたい」

「……………」

死ぬほど、反応しづれぇ。

氷川先生は光を失った死んだような目で、薄《うす》っぺらい笑みを浮《う》かべていた。

なんなら今すぐにでも暗黒面に落ちそうな雰囲気を纏《まと》っている。

いや、俺は可愛いと思ってるんだけど……なんつーか、下手にフォローすると、余計に悪化しそうな予感を孕《はら》んでいるんだよな。

「って、そういえば、氷川先生ここにいて大丈夫なんですか？　本の整理をしないといけないんじゃ。それに、その……俺たち、あまり一緒にいない方がいいと思うんですけど」

一応、俺と氷川先生が割り当てられた区画は違《ちが》ったはず。

そんな俺たちが一緒にいると、変な誤解を与《あた》えないだろうか？

今の俺たちの関係性からしたら、そういうのはやっぱり避けたい。

それは、氷川先生も重々承知しているはずなのだけど……

すると、氷川先生はどこか寂しそうにポツリと。

「それは……わかってるけど、その」

「その？　どうしたんですか、氷川先生？」

「むーっ」

「可愛く拗ねてみても、言ってくれなきゃわからないんですが……」

あと、その反応、後でまた暗黒面に落ちるやつじゃないでしょうか。

「……まあ、一緒にいるべきじゃないっていうのは霧島くんの言う通りだと思うけど。でも、大丈夫。私の分はもう終わってるから」

「えっ？　まだ始まってから、十分ちょっとしか経《た》ってませんよ？」

「私のところは、量がそれほど多くなかったから。だから、私はまだ終わってない生徒を手伝ってるだけ。……それなら問題ないでしょ？」

おずおずと上目遣《うわめづか》いに訊ねてくる氷川先生。

それには、思わず頷《うなず》いてしまう。……なんというかズルい。そんな風に言われたら、駄《だ》目《め》だなんて言えるわけもない。

まあ、実際、そういうことなら問題もないだろう。多分。

そういうわけで、俺たちは本の整理をし始めたのだけど。

ふと、あることが気になって訊ねる。

「そういや、氷川先生って、司書の……桜井先生と仲良いんですね」

氷川先生は〈雪姫《ゆきひめ》〉と呼ばれるだけあって、学校内でも勝手に孤高《ここう》の存在なんだと思っていたが、さっきの感じはそんなことなかった。普通《ふつう》に、仲の良い先生同士に見えた。

しかし、氷川先生は苦笑しながらゆるりと首を振《ふ》って。

「仲が良いってほどでもないかな。桜井先生からの距離《きょり》の詰め方が凄《すご》いってだけで。この間、入試問題のための小説を探すために色々と聞いてからあんな感じなの」

「へぇー、そういうのも先生の仕事なんですね」

慶花高校は私立高校で、入試では独自の問題を出すことになっている。

国語では、確か評論や小説が出ていたはずだ。当たり前だが、教師としては何を出すかを決めるのも仕事の範疇《はんちゅう》らしい。

「詳《くわ》しいことは言えないけど、うちでは何人かの先生が入試で出したい『小説』を持ち寄ることになってるの。その期日はもう少し先なんだけど、一応、考えておこうと思って。ただ、これが意外と難しいんだよね」

「？　難しいんですか？」

「うん。ここ最近の入試で使った小説なんかは、塾《じゅく》で対策されてたりするから中々出せないし。最低でも、ここ何年かの入試とか、他の学校の入試とは被《かぶ》っちゃ駄目だし。もちろん良い作品じゃないといけなくて、それでいて、インパクトみたいなものも必要だから」

「へぇー、確かにそれは難しそうですね。……ちなみに、氷川先生はどういうのを選ぶつもりなんですか？」

聞いちゃいけないんだろうが、気になって訊ねてしまう。

やっぱ、そういうのって純文学とかだったりするのだろうか。

それに答えるように、氷川先生は棚《たな》から本を一冊取り出す。

その本の表紙には、こう書いてあった。


『冴《さ》えない彼女《ヒロイン》の育てかた』


「インパクト、重視しすぎだろ！」

「良い作品だよ？」

「それはもちろんそうですけど！」

「それに、絶対に被らないよ？」

「でしょうね！　だって聞いたことないですもん！　入試にラノベって！　っていうか、そもそも、冴えカノでどういう問題を出すつもりなんですか！」

「ヒロインのなかで一番可愛いのは誰か？」

「戦争が起きる予感しかしないんですけど！」

全力で突《つ》っ込《こ》むと、氷川先生がくすくすと笑った。

まあ、流石《さすが》に冗談《じょうだん》だろう。入試にラノベって他の先生が認めないだろうし。出たら出たで、面白《おもしろ》そうだけど。

「……ってか、さっきから思ってたんですけど。なんかラノべとか多くないですか?」

俺が担当している本棚には、ラノべがたくさん並べられていた。

なんつーか、学校の図書館にこういうのが並べられてるって違和感《いわかん》がある。

いや、むしろ嬉《うれ》しいし、良いんだけどさ。俺自身、時々、図書室に希望出したりしてるぐらいだし。でも、この量は尋常《じんじょう》じゃないだろ……下手な本屋さんよりも品揃《しなぞろ》えいいぞ。

「ああ、それね。なんか少しでも本に興味をもらってもらうために、桜井先生が買ってきたみたい。実際、とっても反響《はんきょう》がいいんだって」

いつの間にか、氷川先生は隣《となり》に立っていた。

あくまで「本の整理をしている」という体で、俺たちは会話をする。

「へぇー。なんていうか意外ですね。でも、一人の司書の先生の権限にしては入れすぎじゃないですか?」

「まあ、匿名《とくめい》の要望がたくさんあったみたいだから。それもあるんじゃないかな?」

「あー、なるほど。生徒から要望があれば、入れても問題ないってわけですね。けど、これなら確かに図書室に来る人は増えそうですね。実際、貸し出し回数とか多そうですし」

「ね。百冊近く、希望カードを出した甲斐《かい》があったかな」

「黒幕、先生かよ!」

まさかの黒幕だった。いや、確かに匿名で出せばわかんないかもしれないけどさ……まあ、効果が出ているのならいいのか？

と、そうこうしているうちに、作業が終わりを迎《むか》えた。

なんやかんや手を動かしていたおかげか、あるいは、好きなラノベが対象だったせいかもしれない。作家さんの名前とか知ってるの多かったし、並べるのはお手の物だ。

「終わった人から、解散しても大丈夫《だいじょうぶ》よー。今日はありがとねー」

図書館の奥から、司書の先生――桜井先生の声が響《ひび》く。

それに、バラバラとあちこちから声があがる。

棚で見えないが、だいたい他の人たちも終わったんだろう。

「では行きましょうか、霧島くん」

氷川先生が教師モードで言ってくる。

この辺の切り替《か》えの速さは、やっぱりいつ見ても凄い。

しかし、ここを離《はな》れる前に、俺は言いたいことがあった。

「あ、あの、氷川先生。ちょっといいですか？」

「なんでしょうか、霧島くん？」

「あの、ちょっと女々《めめ》しいとか、迷惑《めいわく》と思われるかもしれないですけど」

「？　どうしたの？」

氷川先生にきょとんとされながら、真《ま》っ直《す》ぐに見つめられる。

ああ、ちくしょう。言いにくい。

されど、これは俺の本心そのもので。決意を固めると、俺は真正面から見つめ返す。

「その、俺たち付き合ったのに一週間ぐらい会えてなかったじゃなかったですか」

「そう、だね」

「それが、なんというか……その、ちょっと寂《さび》しいかもしれないです」

「えっ？」

しかし、それはやっぱり紛《まぎ》れもなくここ最近感じていたことだった。

氷川先生の邪魔《じゃま》をしないようにって決めたはずなのに……この辺の弱さは自分でもびっくりするぐらいだ。前は一人でも平気だったくせに、今は一人がこんなに寂しいなんて。

俺は軽い調子を取《と》り繕《つくろ》って、慌てて言う。

「あっ、もちろん、氷川先生が忙《いそが》しいのはわかってますよっ？　だから、別にどうにかして欲しいってわけではなくってですね。ただ、俺の気持ちを伝えたかっただけで――」

「あのね。霧島くん。一つだけいいかな？」

「は、はい、なんですか？」

「大好き」

「急にどうしたんですか⁉　お、俺も好きですけどっ」

なんだ、この突然《とつぜん》のスイッチの入り方！　好きって言われるのは嬉しいけど、この感情の揺《ゆ》れ動き方、ちょっと不安になるんだけど！

氷川先生は頬《ほお》を染めた様子で、おずおずと上目遣いで。

「私も、その……正直に言うと、寂しいかも。でも、仕事が忙しいから時間はつくれなくて……それでも、あんまり気を遣《つか》わないでくれると嬉しいかも。何も言われないと、それこそ寂しくなっちゃうから。って、わ、私、何言ってるんだろうね。滅茶苦茶《めちゃくちゃ》だよね？」

「いえ、わかります」

俺も逆の立場なら、そう思ってしまうだろうから。

だから、忙しくても気を遣わないでくれっていうのは痛いほど理解できて。

「じゃあ、今度から気を遣わないでガンガン行きますね。時と場合は選びますけど」

「うん、ありがと。そ、それとね、ここ最近あんまり会えてなかったから、その」

「――ちょっと、充電《じゅうでん》、させて？」

ぎゅっと、氷川先生の手が俺の指を摑《つか》まえた。

指先が柔《やわ》らかい感触《かんしょく》に包まれる。

たったそれだけだったが、俺は頬が熱くなっていくのを感じて。

――しかし。

棚の向こうから、誰《だれ》かが近づいてくる足音が聞こえる。

途端《とたん》に、俺たちはバッと距離を取った。

図書委員らしい男の子が現れて、そのまま奥へと消えていく。

俺も氷川先生も無言のまま。さっきまで触《ふ》れ合っていた箇所《かしょ》を眺《なが》めていて。

「じゃあ、そろそろ行くね」

氷川先生は名残惜《なごりお》しそうに小さく笑《え》みをつくって、小さく手を振る。

本当は、もうちょっと触れ合っていたかったけれども……仕方ない。学校でそんな危険を冒《おか》すわけにもいかない。

代わりに、俺は言う。

「はい、お仕事頑張《がんば》ってください。氷川先生」

それに対し、氷川先生は静かに頷いて図書館から去って行って。

俺は、心のどこかでほんの少しの物足りなさを感じていた。

第九章

『ふふん、霧島《きりしま》くん。お姉さん、とても凄いことを思いついちゃった』

ある日の夜。

自宅で、俺は氷川《ひかわ》先生と電話をしていた。

最近、氷川先生は仕事が忙しくて二人きりで中々会うこともできない。

そこで、俺たちが始めたのが『電話』だった。

電話なら、お互《たが》いが一緒《いっしょ》にいるところが見られることは絶対にない上に、メッセージよりもリアルタイム性があるから少しは会っている気分になる。

だから、俺たちは会えないときには電話をすることにしたのだけど。

電話越《ご》しに、氷川先生は得意げに言ってくる。

『最近、電話はしているけど……でも、やっぱりたまには君と二人きりになりたいから。だから、少し考えてみたの』

「でも、氷川先生って最近は前よりも忙しいんじゃ……」

『うん。だから、絶対に空いてる昼休みの時間を使って会えないかなって』

「え、学校でですか？　そんなの、いったいどうやって？　学校なんて余計に駄目《だめ》なんじゃ？」

『それは、明日のお楽しみ。とにかく、霧島くんは昼休み空けといてね』

「それは、大丈夫ですけど……」

いったい、どうするつもりなんだろうか？

思わず考えてしまうが、まあ、氷川先生が大丈夫だと思っているなら問題はないだろう。

と、そこで。

氷川先生は軽い調子で「ところで、なんだけど」と続けた後に。

一転して、暗黒面に落ちたような声音《こわね》で言う。

『……二十五歳で、自分のことをお姉さんと呼ぶ女の人ってどう思うかな？』

「俺は可愛《かわい》いいと思いますよ。俺は」

『なんで二回も繰《く》り返したの⁉』


翌日。早朝。

学校が始まる一時間前につくように、俺は家を出ると通学路を歩いていた。

何のためかと問われると、最近、朝の日課となりつつある図書室での勉強のためだ。

俺のことだからてっきり三日坊主《みっかぼうず》で終わるかと思えば、自分でも驚《おどろ》くほど案外と続いていたりする。まあ、勉強の方は相変わらずからっきしではあるけども。

でも、ここ最近は以前よりも手応えは感じてるし、全く進んでないってわけじゃない。

いつか、氷川先生に良いところを見せることだってできるはず！

「よし、今日も頑張るか！」

うおおおおし！　やるぞ！

早朝だからか、何だか身体から活力が溢《あふ》れているような気もする！

俺は衝動《しょうどう》に身を任せて通学路を走っていって――

「……えっ？　拓也《たくや》さん、なんですかその爽《さわ》やかな笑顔。一周回ってキモいんですけど」

――幼馴染《おさななじ》み・小桜木乃葉《こざくらこのは》に出会い頭《がしら》に、言葉のナイフでざっくりと刺《さ》された。

ってか、爽やかな笑顔が一周回ってキモいって。

俺、どうすればいいんだよ？

木乃葉と会うのは、何気に久しぶりかもしれなかった。前は三日に一日ぐらいは顔を見ていた気もするけども、氷川先生と再び付き合い始めてからは一週間近く見てないし。

木乃葉はマジマジと見つめてきながら。

「でも、その調子なら、告白が上手《うま》くいったってのは本当みたいですね」

「え、俺、それすら疑われてたの？　ＬＩＮＥで報告したじゃん」

「報告されましたけどー。でも、拓也さんなら、フラれたショックで嘘《うそ》を言う可能性もあるかなって」

「お前のなかで、俺ってマジでどういうやつになってんだよ」

一度、じっくりと聞いてみたい気もするけれど……うん、止《や》めておこう。俺が傷つく未来しか想像できない。

「ところで、お前、こんなに朝早くどうしたんだ？」

木乃葉の隣《となり》を歩きながら、俺は訊《たず》ねる。

まだまだ、学校の時間じゃないはずなのに。こんなに朝早く行ってどうするんだ？

……と思ったけど、別にどうでもいいな。

今は、図書館に早く行きたいし。正直、あんまり興味もない。

しかし、木乃葉は小《こ》悪魔《あくま》めいた笑みをつくって。

「あっ、拓也さん。気になります？　私のことが気になっちゃいますか？」

「いや、別に。ちょっと疑問に思っただけで、そうでもなかったわ。じゃあ」

「私の扱《あつか》い、急にぞんざいになりすぎじゃないですか！」

「いや、だって割とどうでもいいしさ。どうせ、仮入部期間だからお試しにどっかの部活に入ってて、それで朝練に向かってるとか、そんなところだろ？」

「当たってますけど！　当たってますけど、なんか嬉《うれ》しくないんですけど！　一応、拓也さん、私に借りがあるんですからね！　そこんとこ、わかってますか？」

むむむっと、木乃葉は頬を膨《ふく》らませて抗議《こうぎ》する。

俺は肩《かた》を竦《すく》めて。

「……わかった、わかったよ。お前には一応、助けられたしな。はあ」

「あの、態度が助けられた人のそれじゃないんですけど。思いっきり溜息《ためいき》つかれてるんですけど、私」

「で、木乃葉は、今、何部に仮入部してんの？」

「……こんなにどうでもよさそうな世間話の広げ方、私、初めてなんですけど……でも、一応、今は陸上部に仮入部ですね」

「はぁ」

「マネージャーとかも考えてるんですけど……拓也さん、どうすればいいと思います？」

「ルーレットで決めれば？」

「さっきから反応が雑すぎる！」

「いや、よく考えれば、彼女がいる身で、朝から一応『女の子』の部類に入るやつと話すのってどうなのかなって思って」

「一応、女の子ってどういう意味ですか！　正真正銘《しょうしんしょうめい》、私、女の子なんですけど！」

「生物学上はそうらしいな」

「むしろ、どの観点から見たら違《ちが》うんですか！」

「あっ、これから急に家に来るのとかやめてもらえますか？　彼女がいる身としては、そういう誤解は避《さ》けたいんで。彼女がいる身としては」

「彼女いる主張が激しくウザい！」

　しっかりとツッコミをいれて。

　ちょっぴり悲しそうに、木乃葉は唇《くちびる》を尖《とが》らせる。

「……でも、実際、拓也さんの『誤解をさせたくない』っていう主張はわかりますけど……もうあんまり喋《しゃべ》られなくなると思うと、私はちょっと寂《さび》しいかもです」

「…………」

「あっ、拓也さんを別に責めてるわけじゃありませんよ？　その主張はよくわかりますから。……でも、ほら、拓也さんとは長い付き合いですし。そうなったら、なんとなく物足りないだろうなーみたいな」

「木乃、葉……？」

「でも、そういうものなんですよね。いつまでも、こうして軽口を叩《たた》きあうこともできないでしょうし。……そろそろ、私も卒業しなきゃいけないんですよね」

木乃葉が顔を俯《うつむ》かせて、髪《かみ》によって表情が隠《かく》れてしまう。

彼女の顔は見えない。だけれど、その姿はどこか寂しさを感じてるみたいで。

だからか。俺は頭を掻《か》きながら、思わず言ってしまう。

「……いや、木乃葉。別に、今後一切《いっさい》来るなって言ってるわけじゃなくて。……その、前ほど相手はできないかもしれないけど、俺が暇《ひま》なときならいつでも――」

「――とでも、私が言うと思いましたか？　拓也さんのばーか」


……。


…………え？

木乃葉が顔を上げると、「してやったり」みたいな表情をつくっていた。

ムカつくほどの不敵な笑み。

彼女は小悪魔めいた表情とともに、俺の顔を覗《のぞ》き込んでくる。

「あれ？　今、もしかして、拓也さん寂しくなっちゃいましたか？　私がもう二度と来なくなると思って、寂しくなっちゃったんですか？」

「ぐ……」

「いや、普通《ふつう》に考えて、私が拓也さんの都合なんて考えるわけないじゃないですか。だいたい、あそこに行けなくなったら、私はどこで涼《すず》めばいいんですか。『クーラーとＷｉ－Ｆｉ完備で、飲み物もお菓子《かし》も食べ放題』みたいな好条件、他にないんですから」

「いや、言っとくけど、お前が勝手に冷蔵庫開けて食べてるだけで、飲み放題でも食べ放題でもないからな。マジでいつか金払《はら》えよ」

「というわけで、今後も拓也さんの家にはガンガン行くので！　よろしくです！」

ぴしっと敬礼みたいな格好を取る木乃葉。

呆《あき》れるほどのその図々《ずうずう》しさに、いっそ何だか笑うしかなくて。

俺は溜息をついて、言う。

「せめて、事前に来るときは連絡《れんらく》入れろよ」

「善処します！　じゃ、私は朝練があるんで！」

言うや否《いな》や、通学路を走って行く木乃葉。

あいつとは、氷川先生と付き合おうとも——これまでの関係が続きそうだった。


そういうわけで、少し早く学校に着いたのだけど。

お昼休みになっても、氷川先生からの接触《せっしょく》はなかった。……昨日の電話で言っていたことは、いったい何だったんだろう？

——と。

「あの、加藤《かとう》くん？　昨日、昼休みにご飯を食べよって言ったでしょ！　遅《おそ》いよ！」

「あれ、そうだっけ？　悪い悪い」

クラスの外の廊下《ろうか》には、可愛い女の子が立っていた。

そうして、うちのクラスの男子と一緒《いっしょ》にその女の子は楽しそうに出て行く。……いいなぁ。俺と氷川先生とじゃ、ああいうのは絶対に無理だけど、なんていうか心の中で『憧《あこが》れ』みたいなものはあったりする。

あそこまでとは贅沢《ぜいたく》は言わないから、氷川先生もあんな感じで来てくれないかなぁ。

そんなことを考えていると——

「あの、霧島くん」

氷川先生が教室に入ってくると、開口一番に俺の名前を呼んだ。

次いで、絶対零度《れいど》の視線とともに。

「昨日、お昼休みに生徒指導室で進路相談をすると言ったはずですが……遅いですよ？」

違う、そうじゃない。

俺は内心で静かに言い放った。


「ね、ね？　お姉さんの案、凄《すご》いでしょ？　こうすれば、私たちが二人きりでいても怪《あや》しまれないよね？」

「………そうですね、そうだと思います。はあ」

「さっきからどうしたの⁉　なんか霧島くん凄く落ち込んでない⁉　そ、その……君は私と二人きりになれて嬉しくないの？」

「いや、それは超絶《ちょうぜつ》嬉しいんですけど」

「そ、そうなんだ。……そ、それは、超絶嬉しいんだっ」

「でも、なんかがっかりですよ」

「なんで⁉」

いや、氷川先生が悪いってわけじゃないんだけどさ。なんというか、あれを見せられた後じゃ落差が凄いっていうか。

俺と氷川先生が歩いてる姿なんて、囚人《しゅうじん》と看守そのものだったし。

「……でも、やっぱ昼休みに氷川先生と会えるなんて夢みたいです。けど、生徒指導室ってこうやって使っていいんですか？」

「本当は駄目《だめ》。だから、何回も使うことはできないけど……こうして、時々使うぐらいなら大丈夫《だいじょうぶ》かな。他にも生徒の相談に乗るために、使ってる先生はいるし」

「へぇー」

「じゃ、取《と》り敢《あ》えずお昼ご飯でも食べようっか」

氷川先生のその提案で、俺は持ってきていたお昼ご飯を広げる。

生徒指導室に連行されていくときに、氷川先生に言われたのだ。「君の進路相談は長くなりそうだから、お昼ご飯も持ってきなさい」と。周囲の生徒たちも一切それを疑っていなかったことは、安堵《あんど》するとともにちょっと悲しい。……俺、クラスメイトからどう思われてるんだろう。

それから、俺たちはお昼ご飯を食べながらオタクトークに話を咲《さ》かせる。

そうして、昼休みも終わりが近づいてきた頃《ころ》。

氷川先生が不意にこんなことを言ってきた。

「そういえば、霧島くんってこのソシャゲやってたりする？」

氷川先生が差し出してきたスマホを覗くと……そこには、ＡＲ技術と位置情報を上手《うま》く利用した超有名ソシャゲの画面が映っていた。

「あっ、〈ミニモンＧＯ〉ですか？　俺もそれやってますよ」

「え、本当？　じゃ、今やってるイベントは？」

「一応、やってます。俺の行動範囲《はんい》が狭《せま》いんで、そんなにできてないんですけど……あっ。でも、最近、俺たちの家の近くに課金アイテムをずっと設置している人がいるみたいで。それのおかげで、モンスターがかなり出現するんで、最近はまあまあやってますね」

「あっ、その課金アイテム置いたの、私かも」

「犯人、先生かよ！」

まさかのうちの彼女だった。

あれのせいで、最近、近所の子供たちや主婦が俺の家の周りを徘徊《はいかい》しててちょっと怖《こわ》いんだよな。何にもないところに大量の人がスマホを持ったまま立ってるから、一瞬《いっしゅん》、新手の宗教かと思ったぐらいだ。

「……で、そのミニモンGOがどうしたんですか？」

「あのね、実はそのイベントで出てくるボスモンスターが、桜木町《さくらぎ》駅の方にいるみたいなんだけど……知ってる？」

「あー、最近上映されてるCGの映画とコラボしてるやつですよね。確か、『ギュウツーの逆襲《ぎゃくしゅう》』みたいなタイトルの」

「え？　き、霧島くんそっちも知ってるの!?」

「はい。なんかネットでも話題になってましたし」

頷《うなず》いて、俺は言う。


「——確か、あれって二十年前ぐらいの超古い映画のリメイクなんでしたっけ？」


ぐぼふぁっ！

氷川先生が吐血《とけつ》した。ような気がした。

氷川先生は「にじゅうねん、にじゅうねん……」とうわごとのように繰《く》り返しながら、

胸を押さえながら苦しんでいた。えっ？　急にどうしたんだ⁉　氷川先生大丈夫か⁉

「ど、どうしたんですか、氷川先生⁉　大丈夫ですか⁉」

「う、うん、全然大丈夫……ちょっと積み重ねてきた月日を思い返してただけだから。本当に気にしないで」

「そ、そうですか？　そ、それならいいんですけど……」

「……ワールドホビーファイト……幻《まぼろし》のミニモン……消されるセーブデータ……ううっ、お母さんそれは駄目なの、それは消したら二度と戻《もど》ってこないミニモンなの……」

「全然大丈夫じゃなさそうなんですけど！」

氷川先生は一頻《ひとしき》り苦しんだ後に、なんとか立ち上がった。

良かった。なんとか元に戻ったみたいだ。

それから、氷川先生はんんっと喉《のど》の調子を整えるような仕草をすると。

「えっと、ね。その、ボスモンスターなんだけど……さっきも言った通り、桜木町駅の方でやってて。一人で行くのはちょっと寂《さび》しいから、だからね」

氷川先生は上目《うわめ》遣《づか》いで見てきながら、言ってくる。

「明後日ぐらいなら、私も早く帰れそうだし――もし、よかったら、明後日に一緒に行ってみない？」

もちろん、それを断ることなんてしなかった。

そういうわけで、二日後の放課後。


学校の最寄り駅から電車で数十分ほど行った先にある『桜木町』。

そこに、俺は私服でやってきていた。

その街の名前だけでは多くの人にとって馴染《なじ》みはないだろうが、街並みは恐《おそ》らく違うと思う。何故《なぜ》なら、この駅周辺の景色は大半の人が想像する「横浜」そのものだからだ。

人々の生活圏《けん》と水が見事に調和され、巨大《きょだい》な船が街の中まで入り込んできている。

空を仰《あお》げば七十階ほどもある超高層《ちょうこうそう》ビルが窺《うかが》え、港の側《そば》には歴史的建築物である『赤レンガ倉庫』もある。桜木町駅周辺は、そんなちょっとお洒落《しゃれ》な街だ。

桜木町駅の改札前で、俺は氷川先生を待っていたのだけど。

（……遅いな、氷川先生）

数分前には、『駅に着きました』という連絡が来ていたんだけど……一向に、その姿が見えない。え、本当に改札から出てきたか？　見逃《みのが》すなんてことあるか？

俺は注意深く辺りを観察する。

すると、

……なんかいるんだけど。

改札の奥のお手洗い。そこから、怪しい人物がのたのたと現れたところだった。

もちろん、知らない人を『怪しい人物』と表現するのは失礼かもしれないけど……どっからどう見ても、『怪しい』もんなぁ。なにせ、真っ黒い帽子《ぼうし》を深く被《かぶ》り、サングラスをかけ、マスクをつけているぐらいだ。これから強盗《ごうとう》に行きますと宣言されても、俺はすぐに納得《なっとく》してしまうと思う。

……それにしても、世の中、マジでああいう格好をする人っているんだ。

さっきからきょろきょろしてるってことは、強盗さん（仮）も誰《だれ》かと待ち合わせしているんだろう。正直、待ち合わせ相手が不憫《ふびん》で仕方ないけど。

あっ、強盗さん（仮）がなんかこっちに近づいてきた。しかも、なんか親しげに手を振《ふ》りながら。俺の近くに待ち合わせしている人がいるんだろうか。

ふ、不思議だなぁ………俺の近くには誰もいないのに。

「ねぇ、霧島くん！　さっきから、なんで無視するの？」

「氷川先生がそんな格好してるからですよ！」

流石《さすが》に知らんぷりできず、俺は言い返した。

氷川先生の格好は、さっきも描写《びょうしゃ》した通り完全に強盗そのものだった。途中《とちゅう》から何となくわかってはいたけれど、純粋《じゅんすい》に信じたくなかったんだ。

まさか、うちの彼女がこんな格好で来るなんて……

「……あ、あの、氷川先生。どうしたんですか、その格好？」

「な、なに、霧島くん？　そ、その、変な人を見るような目は！　ち、違《ちが》うんだよ？　ほら、私と君って一緒《いっしょ》にいるところを知り合いに見られたら一発アウトでしょ？　下手したら警察が来るかもしれないし……だから、こうしてカモフラージュしてるだけで」

「いや！　そのカモフラージュのせいで、先に警察が来そうなんですけど！」

氷川先生は不満げにむーっと唸《うな》った後、渋々《しぶしぶ》と変装を解く。

ところで、氷川先生がさっきの格好を割と楽しんでやっていたように見えたのは気のせいだろうか。

——と。

「…………？」

不意に、誰かの視線を背中に感じた。

だが、後ろを振り向いても、大勢の人々が歩いているだけで。俺たちの方をマジマジと見ている人たちなんて、誰一人《ひとり》としていない。

気のせいだろうか？　それなら別にいいんだけど……

「じゃ、霧島くん行こっか」

氷川先生が数歩先を先導しながら、振り返って呼びかけてくる。

俺は取り敢えず視線のことは忘れることにして、彼女の後を急いでついていった。


「ボスモンスターはこの辺りにいるみたいですね」

駅から歩くこと、十数分。

俺たちは海のそばにある公園までやってきていた。少し離《はな》れたところでは赤レンガ倉庫が窺え、街灯が雰囲気《ふんいき》良く照らしていた。

公園には、俺たち以外にもスマホを片手に立っている人がちらほらと散見された。

知らない人たちが見たら、何の光景かと思うかもしれないが——俺たち側から見たら、同志だ。普段《ふだん》は一人でやっているせいか、こんなにたくさん同じゲームで遊んでいる人がいるんだと思うと妙《みょう》に嬉《うれ》しくなる。

「じゃ、霧島くんやろっか」

「そうっすね」

氷川先生と顔を見合わせると、俺はアプリを起動する。

ミニモンGOでは、イベントのボスモンスターとはチームをつくって戦うことになっている。通常はゲームシステム側でランダムでチームをつくって挑《いど》むのだが、それとは別に友達ともチームをつくって戦うことができるのだ。

報酬《ほうしゅう》は変わらないが、周回する必要性があるので――力量をある程度把握《はあく》していて、安定的に勝てる友達同士の協力プレイの方が良かったりする。

だから、氷川先生も俺を誘《さそ》ったのだろうけど。

しかし、この協力プレイで、俺には狙《ねら》っていることが一つあった。

それは、氷川先生から頼《たよ》りになる彼氏だと思われること。

たかがゲーム、されどゲーム。

学校の成績が低い俺のような奴《やつ》が輝《かがや》ける場所なんて、限られている。そんなチャンスをみすみす見逃すわけにはいかない。そうして、俺は、氷川先生に「霧島くんって頼りになるのね」って言われるんだ……っ！

そのために、この二日間、俺はこのゲームをやり込みまくった。

先生に二日前に聞いたときは、だいたい同じレベルぐらいだったから、今は俺が大きく引き離しているはずだ。

俺の現在のプレイヤーレベルは、51。トップランカーとかまでとは行かないが、上限が70までしか解放されていないこのゲームではかなり高い方だ。

悪いな、先生。今回、先生の出番はない！

そして、俺は先生に「頼りになる、彼氏だね」って言われるんだ！

俺は約束された勝利の確信を覚えながらも、協力プレイモードへと移行する。

そうして、そこで氷川先生のキャラが初めて見えた。

氷川先生のキャラは、次のようなステータスをしていた。

【名前】ＳＮＯＷ
【レベル】68

「いや、レベル高すぎるだろ！」

どれだけやり込んでんだよ、この先生！　ほとんど廃人《はいじん》レベルだぞ！

だけど、ちょっと待て？　なんかおかしくないか？　だって、二日前は俺と同じぐらいのレベルだったんだぞ？　氷川先生は仕事が忙《いそが》しくて、そんなレベル上げの時間なんて限られているはずなのに。いったい、どういうことだ……？

俺の疑問に応えるように、氷川先生はふふんと得意げな顔で。

「霧島くん、先生から人生における大切なことを教えてあげます」

「え？　なんですか、突然《とつぜん》？」

「お金で時間は買えるのよ」

「それ、ただ課金しただけじゃないですか！」

「そして、ソシャゲにクレカは繋《つな》いじゃダメ」

「いったい、いくら使ったんですか⁉」

「そ、そんなには使ってないよ？　その……だいたい、今月の給料の一割ぐらいだから」

「あっ、それなら、滅茶苦茶《めちゃくちゃ》課金してるってわけでもないんです――」

「だいたい、今月の給料の一割ぐらいはちゃんと生活費に回したから」

「残りの九割、どこに行ったんだよ！」

「じゃ、霧島くんゲームやろっか。よし、行くよ。――食らえ！　三万円分の課金アイテムによるミニモンの力！」

「なんかその響《ひび》き、すげー生々しくて嫌《いや》なんですけど！」

「どう、霧島くん？　私、頼りになるかな？」

「もちろん頼りにはなりますけど！　でも、ここまで力の差があったら、俺、いらなくないですかね⁉」

　これじゃ、協力プレイにならない。完全に寄生だ。

　実際にプレイしてみれば、意外とそうでもなかった——ということは一切《いっさい》なく、実際にプレイをしてみれば、俺は完璧《かんぺき》なる役立たずだった。だって、氷川先生が強すぎるんだもんなぁ……俺が手を出す暇《ひま》もなく、氷川先生がばったばったと倒《たお》していくし。

　俺がさっきからしているのなんて、どう？　役に立った？　えらい？　と、こちらを見てくる氷川先生のドヤ顔を拝むぐらいだ。可愛《かわい》い。

　でも、

「……せっかく、『頼りになる』って思われるチャンスだと思ったんだけどなぁ」

「へっ？　も、もしかして、霧島くんも、その……同じこと考えてたの？」

　思わず零《こぼ》れてしまったその呟《つぶや》きに、何故か氷川先生が反応する。

　聞こえたことが信じられず、俺は問い返す。

「えっ？　同じことっては……その、氷川先生も」

「う、うん。その……霧島くんに、少しでも頼りになるお姉さんだと思われたらいいなぁって思って」

　恥《は》ずかしそうに、ぼそぼそと言う氷川先生。

マジかよ。氷川先生も俺と同じことを考えていて。だから気合いが入っていたのか。

「でも、そ、そっか。そうなんだ……霧島くんは私に頼りになると思われたかったんだ」

「そ、それは、まあ……」

「それなら、大丈夫《だいじょうぶ》だよ」

言って。氷川先生は眩《まぶ》しい笑顔とともに、それを紡《つむ》ぐ。

「――私は十分知ってるから、君が頼りになるって」

その言葉には、俺は照れ臭《くさ》くなって言葉を失ってしまった。

ほんと……この先生って、こういうところあるよな。だから、いつまで経《た》っても敵《かな》わないと思ってしまって。

「っ」

そのとき。

不意に、氷川先生がびくっと身体を震《ふる》わせた。

次いで、氷川先生は俺の手を取ると――猛《もう》ダッシュで走り始めた。

「え、えっ!? きゅ、急にどうしたんですか、先生!?」

「い、今！　が、学校の生徒たちがいたの！　校内でも有名なカップルだから、間違《まちが》いないと思う！」

「えっ？」

そ、それってかなり不味《まず》いんじゃ！

しまった！　学校から離れてるからって油断していた！　もしかしたら、駅の改札前のときの謎《なぞ》の視線もそのカップルだったのかもしれない。

完全に――思慮《しりよ》不足だった。有名なデートスポットなら放課後に遊びにきていてもおかしくない、と考えるべきだった。

「はぁ、はぁ……」

それから人気のない方向に数分ちょっと走ると、俺たちはようやく足を止める。

氷川先生は逃《に》げてきた方角を見ながら呟く。

「……どう思う？　さっきの見られちゃったかな？」

「……わかりません。薄暗《うすぐら》かったし、なんとも」

「そう、だよね」

不安げに、服の端《はし》っこを掴《つか》む氷川先生。

お、おい、彼女を不安がらせてどうするんだよ、俺！　こんなときこそ、彼氏の出番だろうが！

　意を決すると、俺は努めて軽い調子で言う。

「で、でも、氷川先生、大丈夫ですよ！　仮に一緒にいるところを見られても、慶花《けいか》高校の俺たちとは思われませんって！」

「ん？　それってどういうこと……？」

「いや、だって、俺たち慶花高校で怖《こわ》がられてるコンビじゃないですか。だから、一緒にいても誰《だれ》も信じないっていうか……って、急にどうしたんですか!?　氷川先生、さっきよりも落ち込んでるように見えるんですけど！」

「ふ、ふふっ……やっぱり、私、怖がられてたんだ。だから、私のところに質問に誰も来ないんだ。そ、そうだよね。あんな態度取ってたら、みんな怖がるよね」

「だ、大丈夫です！　それなら、今度から俺が質問行きますから！」

「う、うん、ありがと。それは素直《すなお》に嬉しいな」

　にこっと微笑《ほほえ》む氷川先生。

　だけど、それは少し無理をしているような笑顔で……ああ、余計なことを言ってしまった。ほんと、こういうところに俺の経験のなさが表れているような気がする。

「……で、これからどうしよっか？」

「そう、ですね」

スマホを見ると、モンスターから離れすぎたせいで、戦闘《せんとう》がなかったことにされていた。

周回の回数も少しだけ足りてない。このままでは、今日来た意味があまりなかった。

でも、今からやっぱりあの場所に戻《もど》るわけにはいかなくて。

氷川先生は言う。

「……今日はもう止《や》めておこっか、霧島くん。いくら私たちと気づかれないかもしれなくても、これ以上はちょっと危ないかもしれないし」

「そう……ですよね」

「大丈夫だよ。ソシャゲなら復刻するし。そのとき、また来よ？」

氷川先生は微笑みながら、そう提案してきて。

「──もちろん、次は色んなところもデートしながらね」

「そうですね」

それには、俺には笑顔で頷《うなず》く。

だけれど、氷川先生が俺に背を向けるその寸前。

少しだけ表情が曇《くも》っていたのを、俺は見逃《みのが》さなかった。

その帰り道。

俺と氷川先生は細心の注意を払《はら》いながら、帰宅していた。

電車の中でも、自宅までの道も、距離《きょり》を取りながら——それでも、完全に別行動というのも寂《さび》しいから、少し離《はな》れたまま一緒《いっしょ》に帰っていて。

「？　……？」

どこからか見られているような視線。

まるで、桜木町駅の時と同質のそれ。

バッと勢いよく振《ふ》り向く。——すると、金髪《きんぱつ》の少女が視界から消えるように走っていったような気がして。

「氷川先生！　先に帰っていてください！」

「え、えっ？　き、霧島くんは？」

「俺はちょっと用が出来たんで！　じゃ、先生さようなら！」

俺は氷川先生に簡単に挨拶《あいさつ》をすると——全力で地を蹴《け》った！

もちろん、あの金髪少女を追いかけるためだ。

見間違《みまちが》いじゃなければ、多分、あの女の子は以前に学校の屋上から俺たちを見ていた金髪ヤンキー少女だ。

もし、俺たちの関係のことを知ってるかもしれないなら――確かめないと！

「い、た！」

角を曲がると、細く長い道を走っている金髪少女が見えた。

その距離、およそ百メートル。必死に駆《か》けていく。だが、俺が追いかけていることに気づくと、金髪ヤンキー少女は慌《あわ》てたように更《さら》に速度を上げる。

くそっ、速い！　このままじゃ逃げられる！

それなら――

「っ」

俺は彼女の行く先を予測して先回りをする。

ここは、何年も歩き回ってきた地元だ。これぐらい造作もない。

果たして――俺の予測はどんぴしゃだった。

俺が金髪ヤンキー少女の前に現れると、彼女はぎょっと目をむく。

金髪少女は方向転換《てんかん》をしようとするが、その前に、俺は叫《さけ》ぶ。

「ちょ、ちょっと待ってください！　あなたは――どこまで知ってるんですか？」

問いかけると、彼女はぴたりと足を止めてこちらを振り返った。

パッと見た感じは、中学生ぐらいの女の子だった。

髪《かみ》は長く、染めたような金色。緩《ゆる》やかにウェーブがかかっている。服装は以前見たような制服ではなく、動きやすそうな私服。だが、その瞳《ひとみ》からは、どこか見た目の年齢《ねんれい》以上の余裕《よゆう》を感じさせて。

「——さあ、どこからだと思う？　真白《ましろ》センセーの彼氏くん？」

ぞくっ、と。

途轍《とてつ》もない寒気とともに、背筋が震えた。

全て知られている。彼女の笑みは、そう語っているようにしか思えなくて。

そのとき。

「ちょっと、何してるの？」

背後からの、底冷えするような声。

先程《さきほど》以上の冷たさを感じさせるその雰囲気《ふんいき》に、ぎぎぎっと首を動かすと、そこには氷川先生が教師モードを彷彿《ほうふつ》させるようなオーラを纏《まと》いながら立っていて。

な、なんで、こんなタイミングで氷川先生が来るんだよ！

帰ってなかったのか⁉　しかも、これじゃシラを切り通すこともできない！

俺は氷川先生との関係性を否定しようと、慌てて口を開いて——

しかし、それよりも前に、氷川先生は金髪ヤンキー少女に向かって。

「……はぁ。もう本当に何をしているの、紗矢《さや》。あれだけ、霧島くんに接触《せっしょく》しないで言ったでしょ」

「し、仕方ないだろ。真白センセーの彼氏くんが、急に追いかけてきたんだから」

「そもそも、私は尾行《びこう》することなんて止《や》めてって言ってるの。それに、また真白センセーって……そうやって、からかうのも止めてって、前に言ったでしょ？」

「はいはい、わかってるよ。悪かったな、真白」

「……………………え、えっ？　す、すみません。ど、どういうことですか？」

えっ、なに？　この二人、知り合いなの？

俺が目を丸くしていると、氷川先生はちょっぴり照れ臭そうに言ってくる。

「あっ、ごめんね。紹介《しょうかい》するね、霧島くん」

「――この子は、神坂《かんざか》紗矢。私の友達です」

「よろしくな、真白の彼氏くん」

金髪ヤンキー少女――神坂紗矢さんはにやりと笑いながら、手を振ってきたのだった。

第十章

「それでは、慶花桜花祭《けいかおうかさい》の対策会議を始めましょう」

氷川《ひかわ》先生が眼鏡をかけた教師モードの姿で、はっきりと宣言した。

場所は、もちろん、慶花高校……ではない。

なんと、氷川先生の部屋だ。

そこは教師モードを連想させる『大人』のお洒落《しやれ》さは維持《いじ》しつつも、オタクっぽさが全面に出ている部屋だった。アニメのポスターが貼《は》ってあったり、ラノベが詰《つ》められた本棚《ほんだな》があったり、フィギュアなんか置かれていたりしている。

そんな部屋の中で、俺と、神坂《かんざか》さん——紗矢《さや》さんがパチパチと拍手《はくしゆ》すると、氷川先生はくいっと眼鏡を持ち上げながら。

「さあ、何かいい意見があったら構わず言ってね」

そう言いながら、氷川先生は壁《かべ》に貼りつけたホワイトボードに次々と案を書き込んでいくが……そのやる気は尋常《じんじよう》じゃなかった。

でも、それも無理もないのかもしれない。

何故《なぜ》なら、これは次のデートの打ち合わせなのだから。

失敗は許されない。そんな覚悟《かくご》すら、俺は氷川先生から感じ取ってしまう。

何故、こんなことになったか。

事の発端《ほったん》は、俺たちと紗矢さんが出会った日まで遡《さかのぼ》る——

◇◇◇

（落ち着け、落ち着け……いつか、こんな日が来るってことはわかってたんだ）

俺はそわそわとしながら、マンションのある一室の前に立っていた。

単純な話。——ここが、氷川先生の家の前だからだ。

女の子の、しかも、彼女の家に行く。そんなの当然、初めての経験だ。だから、俺が緊《きん》張《ちょう》しているのも無理ないというわけで。

俺は緊張を忘れるために、取《と》り敢《あ》えずこれまであったことを思い返す。

（……えーっと、氷川先生の友達——神坂紗矢さんと会ってから、なんか三人で話すことになって。それで、場所は一番行きやすかった氷川先生の部屋になったんだけど）

氷川先生の部屋は、ちょっぴり片付けできてなかったようで、氷川先生と神坂さんが部屋を掃除《そうじ》する間、俺は外でぶらぶらしながら待っていることになったのだった。

まあ、片付けるといっても、そんなに大したことないんだろうけど。

前に、氷川先生自身も綺麗《きれい》だと言っていたし。少し後片付けをするぐらいなんだろう。

……ところで、さっきから部屋の中からは突貫《とっかん》工事でもしているような音が響《ひび》いているのはなんでだろう？　それと、もう三十分近く待ってるんだけど。

何か、探し物でもしているんだろうか？

「ご、ごめんね。霧島《きりしま》くんお待たせっ！」

それから、外を歩き回ったりして三十分経《た》った頃《ころ》。

氷川先生が玄関《げんかん》の扉《とびら》を開けて現れた。

だが、その額には何故か妙《みょう》に汗《あせ》を掻《か》いていて。まるで、慌てて凄《すさ》まじい掃除をしていたみたいだ。まあ、俺の気のせいなんだろうけど。

「さ、ささっ、どうぞ入ってもいいよ」

氷川先生に案内されて、俺は彼女の家の中に入る。

すると、

「おおっ—」

思わず感嘆《かんたん》の声を発してしまうぐらい、氷川先生の家の中はイメージ通りだった。

教師モードを彷彿とさせるような『大人』な感じのお洒落な部屋で、カーテンや壁紙《かべがみ》や小物なども調和が取られている。その一方で、所々、可愛《かわい》らしいアイテムがあるのなんて普段《ふだん》の氷川先生の素顔《すがお》を見ている気分になる。

もちろん、オタクっぽさもあちこちに見られる。

壁の本棚にはラノベが詰められ、壁にはアニメのポスターが貼られていたり。勉強机っぽいところには、モニターが二台設置され、デスクトップのパソコンがその横に置かれていた。部屋の中心には、クッションとともに丸テーブルが配置されていて……って。

「あの、神坂さん？　なんで、そんなに疲《つか》れてるんですか？」

視線を落とすと、神坂さんがぐでーっと床《ゆか》に寝《ね》っ転《ころ》がっていた。

まるで、ついさっきまで重労働をしていたみたいだ。でも、神坂さんって氷川先生と掃除をしただけだよな……？　こんなに綺麗な部屋で、そんなに疲れるか？　想像を絶する汚部屋《おべや》ならまだしも。

「いや、実はな、彼氏くん。真白《ましろ》ってこう見えて意外と――」

「き、霧島くんっ。紗矢のことは気にしなくていいから。全然、微塵《みじん》も気にしなくていいから。取り敢えず、その辺に適当に座ってて。私はお茶とか用意するから。ね？」

「あっ、それなら俺も手伝いましょうか？」

「だ、大丈夫《だいじょうぶ》！　大丈夫だから座ってて！　霧島くんはお客様なんだから！　ほんと何もしなくていいから！」

「そ、そうですか……？」

「ほんと、一歩たりとも動いちゃ駄目《だめ》だよ？」

「そこまでですか⁉」

「出来れば、両腕《りょううで》を挙げて頭を抱《かか》えたままジッとしてて欲しいかな」

「俺、危険人物か何かなんですか⁉　これから拷問《ごうもん》でもされるんですか⁉　俺、彼女の家に遊びに来ただけですよね⁉」

「もぅ、霧島くん。冗談《じょうだん》上手だなぁ。拷問なんてそんなことあるわけないでしょ？」

「そ、そうですよね。すみません、俺、女の子の部屋なんて初めてだからテンパってて」

「そんな拷問なんて……霧島くんが変なことをしなきゃ大丈夫だよ」

「場合によっては、拷問コースがあるんですか⁉」

「じゃ、私、ちょっと色々と準備するから。そこでジッと待っててね。ほんとに」

「怖《こわ》いんですけど！　さっきからなんか無性《むしょう》に怖いんですけど！」

な、なんてことだ！

女の子の、彼女の部屋に行くというのはこんなに緊張感溢《きんちょうかんあふ》れるものだったのか！

それから俺がジッとしていると、氷川先生が色々とお菓子や飲み物を用意してくれて。

「じゃ、改めて自己紹介だ。あたしの名前は神坂紗矢。よろしくな、彼氏くん」

俺たちは丸いテーブルを囲んで、向かい合いながら自己紹介をしていた。

といっても、神坂さんは氷川先生経由で俺のことをだいたい知っていたみたいだけど
……むぅ、氷川先生に俺はなんて言われているんだろうか。気になる。

そうして、自己紹介が終わった後。

金髪《きんぱつ》ヤンキーお姉さん――神坂紗矢さんに、俺はずっと気になっていたことを訊《たず》ねる。

「あの、ずっと疑問に思ってたんですけど、神坂さんは――」

「紗矢でいいぜ」

「……その、紗矢さんは一週間ぐらい前にどうして学校にいたんですか？」

紗矢さんは、氷川先生の友達だったから。

だから、俺と氷川先生の関係を知っていた、ってのはいいんだけど……そもそも、紗矢さんは、俺と氷川先生が付き合い始めたときには、学校にいたんだよな。しかも、制服姿で。だからこそ、俺はバレたかもと思ったわけで。

そんな質問に、紗矢さんはあっけらかんと答えてくれる。

「一週間前？　あー、あのときのことか。いや、実はあのとき、真白に頼《たの》んで学校見学さ

せてもらってたんだよなぁ。学校を取材したくってさ」

「取材、ですか？」

「補足すると、紗矢は同人作家で漫画《まんが》を描《か》いてるの」

「へぇー、へぇー！」

氷川先生の補足に、俺は感嘆の声をあげてしまう。

なんか漫画を描いてる人とか、俺には絶対にできないから無条件に尊敬してしまう。

それ自体は別に同人作家に限らずではあるんだけど、なんというかプロ野球選手などよりは身近に感じる分、尊敬の念も増してしまう。

ほんと凄《すご》いよな、漫画家さんとか、同人作家さんとか。

絵を描いてる動画とか時々見てるけど、ほんと手品にしか見えないし。

「でも、やっぱ、写真を見るよりも、学校も直接行くと全然感じるものが違《ちが》うよな」

「そういうものですか？」

「そりゃ、彼氏くんは現役《げんえき》の高校生だからな。今はあんまり、ありがたみがわからないだろうな。だけど、高校を卒業をしてちょっと大人になったらわかるぜ。どれだけ、高校生活が尊いものだったか、ってことがな」

「……そう、ですか」

今は違うが、少し前まで灰色の高校生活を送っていた身分としては想像しにくい。去年なんかは、少しでも早く高校生活が終わらないかなって思っていたぐらいだし。

「だって、考えてみろよ――制服姿の女子高生の生足を拝めるのは、今だけだぜ？」

「なんか思ってた尊さと違《ちげ》ぇんだけど！」

「あー。本当にいいよな、高校生。だって、高校生なら堂々と女子高生の生足を見ても犯罪じゃないんだぜ？」

「普通《ふつう》に犯罪ですよ！」

「なあ、ちょっとでいいから撮《と》ってきてくれよ。大丈夫《だいじょうぶ》大丈夫、体育祭とかでクラスメイトが頑張《がんば》ってる勇姿を思い出として残すとか、それっぽいこと言ってればバレないから」

「言っていること最低なんですけど！」

「そう言って撮ってるやつ、だいたいそんな感じだから。だいたい、裏でデータを回したりするから。みんなやってるから大丈夫だって」

「そ、そんなことないですよ！　みんな、本当に思い出を撮ってるんですって！」

「ちなみに、補足すると……紗矢が描いてる漫画は、その……えっちなものかな」

「それは今の会話から何となくわかりました！」

これで、紗矢さんが学校に来ていた理由ははっきりとした。

けれど、まだ釈然《しゃくぜん》としない謎《なぞ》がある。

「あの、とにかく学校に取材にきてたのはわかりましたけど……なんで、制服姿だったんですか？　ただ取材するだけなら、必要ないと思うんですけど」

「ああ、あれはただの趣味《しゅみ》だ」

「趣味!?」

「趣味というか、実験というか。まだ、あたしは高校生としてやっていけるかなってのを試してみたくて。それに、制服姿なら自由に校内を歩けるしな。そんな理由が二割だ」

「残りの八割は？」

「制服姿なら女子高生をじろじろと見てても不審《ふしん》に思われないからだ」

「最悪の悪用じゃねーか！」

「やっぱ、制服最高だよなー。女子高生見放題だし。……って、真白？　ど、どうしたんだ？　なんで、そんな怖い顔してんの？」

「紗矢～～？　私、言ったよね？　変なことは絶対にしないって。私に迷惑《めいわく》をかけるようなことは絶対にしないでねって」

「いふぁいふぁいいふぁい！　じょ、冗談だから。今までの全部冗談だから。本当にはやってないからっ、だからやめてくれって」

氷川先生に頰《ほお》を抓《つね》られて、もごもごと叫《さけ》ぶ紗矢さん。

その光景で、本当に仲がいいんだろうなって思う。……まあ、内容はあれだけど。

「……で、私からも紗矢に聞きたいことがあるんだけど」

「ん？　なんだ？」

紗矢さんが頰を撫《な》でながら、視線を持ち上げる。

氷川先生はむーっとした表情で不満げに言う。

「なんで、私たちを尾行《びこう》してたの？　私、そういうの止《や》めてって言ったでしょ」

「いやー、最初はするつもりなかったんだけどな。霧島くんには会わせないって言われてたし。でも、桜木町で真白たちを見かけちゃったら気になっちゃってさー。まさか、彼氏くんに気づかれちゃうとは思わなかったけどな」

「なんで、会っちゃ駄目なんですか？」

口を挟《はさ》んでいいかわからなかったが、気になったので取り敢えず聞いてみる。

すると、紗矢さんは何でもなさそうに。

「あー、それはなー」

「さ、紗矢！」

そこで、氷川先生が必死な様子で止めた。

ぶんぶんと音が出そうなほど、必死に首を横に振《ふ》っている。

だが、紗矢さんは悪戯《いたずら》っ子《こ》のような笑みをつくって。

「別にいいだろ、これぐらい。彼氏くんはそんな奴《やつ》じゃないさ」

「どういうことですか？」

「真白は心配なんだとさ。あたしと会ったら、彼氏くんが好きになるんじゃないかって」

「……だ、だって、紗矢は可愛いから」

ポツリと囁《ささや》くような声で呟《つぶや》く氷川先生。

そんな彼女の反応に、ニヤけてしまう。それだけ想《おも》ってもらえているということが、純《じゅん》粋《すい》に嬉《うれ》しい。

いけっいけっと視線で語る紗矢さんに促《うなが》され、俺は言う。

「……いや、確かに紗矢さんも可愛いですけど……その、俺は氷川先生の方が可愛いと想いますし、好きですよ」

「〜〜〜〜っ！　そ、そうなのっ……へ、へぇー、そ、そうなんだ。えへへ」

ふーんふーん、と興味なさそうに、されど、嬉しそうな感情を隠《かく》しきれない氷川先生。

見たか？　これが俺の彼女なんだぜ？　超《ちょう》可愛いくね？

くいくいっと、紗矢さんに服の袖《そで》を引っ張られる。

「なー、彼氏くん、やっぱ真白は返してもらっていい？　超可愛《かわい》いんだけど」

「駄目です。氷川先生はもう俺のです。友達の紗矢さんとはいえ、渡《わた》せません」

「私の所有権、私にないの⁉」

驚《おどろ》いたように叫ぶ氷川先生。

それから、先生は話題を切り替《か》えるように咳払《せきばら》いをして。

「……で、もう一つ聞きたいことがあるんだけど。なんで紗矢は慶花町に来てたの？　まさか、私たちを尾行するためだけに来たわけじゃないでしょ？」

「えー、理由がないと来ちゃ行けないのかよー」

「そ、そうじゃないけど……でも、紗矢が来るときは何か理由があるときでしょ？」

前回も、高校に取材に来るためだったし。

そう付け加える氷川先生に、紗矢さんは答える。

「ま、そうなんだけどな。今回は慶花桜花祭をちょっと取材しようと思って」

「慶花桜花祭ですか？」

慶花桜花祭は知っている。

うちの高校、つまりは慶花高校と地元が一緒《いっしょ》になって行うお花見のイベントで。慶花高校の生徒たちは、このお祭りでカップルとなったり、デートに行くのが定番らしい。少な

くとも去年はそんな雰囲気《ふんいき》だった、

最近、氷川先生が忙《いそが》しかったのも、この慶花桜花祭のためで、ほかの仕事を色々と前倒《まえだお》しで行う必要があったせいだった気がする。

だけど、さっきも言った通り、慶花桜花祭は地元のイベントだ。

取材するほどでもないような気がするんだけど。

氷川先生も同様の考えだったらしい。

俺と氷川先生が同時に首を傾《かし》げていると、紗矢さんは不思議そうに言う。

「あれ、知らないのか？　昨期にやってたアニメの作画の参考に、この慶花桜花祭が使われてたみたいで。監督《かんとく》がＳＮＳでそれをバラしたせいで、今、ネットで大注目だぜ？　なんでも、アニメ同様――『桜の木の下で告白したら、永遠に結ばれる』とか何とか」

◇◇◇

というような事情で、こんな状況《じょうきょう》になっているわけだった。

……それにしても、氷川先生ってこういうことに興味あったのか。

いや、別に全然構わないというか、むしろそんな姿も可愛いんだけど――やる気が尋《じん》常《じょう》じゃなかったから、ちょっと不思議に思っただけで。

そもそも、俺もデートすることに反対しているわけじゃないし。

ただ、一つ気になることが――

「どうやって、他の人たちに見つからずにデートをするかってことですよね」

そう、それに尽《つ》きる。

慶花桜花祭は、慶花高校と地元である慶花町が一緒になって行うお花見イベントだ。

当然、うちの高校は多くの生徒が参加する。

それだけじゃなくて、氷川先生によれば、慶花高校の教職員は例年見回りしているらしい。そんな中、俺たちがデートをしようとするならば……何かしらの対策は必要だ。

俺たちの関係は見つかれば、一発で終わりなのだから。

そういうわけで開かれたのが、この対策会議だった。

場所は、前回と同じく氷川先生の部屋。

参加者は、俺、氷川先生、紗矢さんの三人である。

氷川先生は私服姿に、眼鏡をかけた教師モードという珍《めずら》しい格好で場を仕切る。

「そうね、霧島くんの言った通り。当たり前だけど、私たちがデートをしているところを見られるのは望ましくないから。そこで、他の生徒や教師に見つからない何か良いアイデアを聞きたいんだけど……なんかあったりする？」

「はい！　真白センセー！」

「却下《きやつか》です」

「なんでだよ⁉」

「だって、紗矢の目が、え、えっちなことを考えてる目だったからっ。だから却下です」

「聞いてもないのに⁉　大丈夫大丈夫。今回はそんなんじゃないから。ちゃんと、全年齢《ねんれい》版な意見も出すからさ」

「そ、そう……？　それならいいけど……で、紗矢の意見ってなに？」

「真白が女子高生の制服を着ればいいと思う」

「絶交よ、紗矢」

「どこもえっちじゃないのに⁉」

「え、えっちでしょ！　私みたいな二十五歳の女性が、女子高生の制服着るなんてどう考えてもおかしいじゃない！」

自分が女子高生の制服を着るところを想像したのか、真っ赤になって怒《おこ》る氷川先生。

それに対して、紗矢さんは真剣《しんけん》な顔つきで語る。

「いや、偏見《へんけん》とかなしで考えてみようぜ。ほら、人間って服の属性で人を判断することもあるだろ？　たとえば、警官の制服を着てたら、警官だと思っちゃうとか」

「あー、なんかそれ詐欺《さぎ》の手口の話でも聞いたことありますね」

それは、確かにそうだと思う。

だけど、今回に限るならそれはあんまり意味はないんじゃないだろうか。

そういうのって、基本的にお互《たが》いを知らないから成り立つようなものだろうし。

知らない人が警官の制服を着ていたら意味あるかもしれないけど、知っている人が着ていたらただのコスプレだ。

今回、対象になるのは氷川先生をよく見知っている生徒や教師。

正直、あんまり効果はないように思えてしまう。

俺がそんなことを考えていると、氷川先生も同様のことを言う。

「で、でも、それは相手が全くの他人の時でしょ？　ね、霧島くんもそう思うよね？」

君は私の味方だよね？　そう、視線で語りかけてくる氷川先生。

そんな先生の目に、反射的に頷《うなず》きそうになって。

その寸前、紗矢さんが俺の肩《かた》に手を載《の》せる。

「なあ、彼氏くん。真白の制服姿見てみたくないか？」

「……………………紗矢さんの方が論理的ですね」

「霧島くん⁉」

がーん、と目を見開く氷川先生。

本当にすみません、氷川先生。

でも、たとえ裏切ってでも、俺は氷川先生の制服姿が見たいんだ……っ！

氷川先生はぶんぶんと首を横に振る。

「い、嫌《いや》だからねっ。私は女子高生の制服なんて着ないからねっ」

「ったく、仕方がないな。まあ、あたしも鬼《おに》じゃないし。真白の意見も尊重して、ここは多数決で決めようぜ」

「この場合の多数決に何か意味がある⁉　最早《もはや》、ただの数の暴力だと思うんだけど！」

だが、結局、多数決は行われた。

結果は当然のように、二対一で氷川先生が制服を着る案が可決される。

だけど、やっぱり納得《なっとく》できないらしい。

その結果には従わないとばかりに、つーんとして視線を合わせてくれない氷川先生。

……しまった、やっぱ不味《まず》かったよな。

氷川先生の立場で考えてみれば、確かに女子高生の制服を着るなんて拷問《ごうもん》に近いのかもしれない。俺は、氷川先生の制服姿も可愛いと思うんだけど。

そんな反省を脳内でしていると、紗矢さんに不意にちょんちょんと肩をつつかれた。

そのまま、耳元でごにょごにょと囁かれる。

その言葉の真偽《しんぎ》を疑いながらも、俺は氷川先生に近づいていって声をかける。

「……すみません、氷川先生。流石《さすが》に悪ふざけがすぎました」

「べ、別に、謝《あやま》ってもらうことでもないんだけど……で、でも、流石に、高校生の制服を着るのはちょっと恥《は》ずかしいかな」

「でも、俺、それだけ氷川先生の制服姿が見てみたかったんです。きっと、可愛いんだろうなと思ったんで」

紗矢さんから言われたことは、彼氏くんが褒《ほ》めれば多分大丈夫《だいじょうぶ》だよ、みたいなことだ。

可愛いだろうなと思ったのは、本心だし、嘘《うそ》じゃないから別にいいんだけど……いくら何でも、こんなんじゃ駄目《だめ》だろ。氷川先生はそこまでチョロくないだろ。

半信半疑のままで言うと、氷川先生は顔を背《そむ》けたままぴくぴくと耳を動かす。

「……か、可愛い？　ふ、ふーん、霧島くんは私が制服を着たら可愛いと思うんだ」

「はい。氷川先生、若くて美人だから今着ても制服似合うでしょうし。十分、女子高生としても通じるかなって」

「ふ、ふーん、君は私のこと若くて美人だとも思ってるんだ」

「でも、残念です。氷川先生が着ないっていうなら、大人しく諦《あきら》めるしか――」

「ちょ、ちょっと待ってっ」

言って、氷川先生は僅《わず》かにこちらを向きながらボソボソと言葉を紡《つむ》ぐ。

「……その……霧島くんがそこまで言うなら、少しだけ、ほんの少しだけなら……き、着てあげてもいいかな」

チョロかった。


ってことで、氷川先生の学校制服お披露目《ひろう》ショー。

学校の制服は、氷川先生が高校の時に来ていたものを使うことにした。なんでも押し入れの奥に、大事にしまっていたらしい。

そうして、氷川先生が脱衣所《だついじょ》で着替《きが》えてから現れたのだけど。

「…………っ」

あまりの衝撃《しょうげき》に、俺と紗矢さんは言葉を失った。

一言でいえば、エロかった。学校制服を着ているだけのはずなのに衝撃的なエロさがある。

大きな膨《ふく》らみがブラウスを押し上げ、丸みを帯びたお尻《しり》が魅惑《みわく》的な曲線を描《えが》いている。

スカートからは健康的な生足が露出《ろしゅつ》され、これまた高校生男子には目に毒の光景だった。

パッと見た感じ、同級生が着ている学校制服とそんなに変わらないように見えるのに。

着る人が違《ちが》うだけで、こんなに変わるもんだな……。

それはそれとして、せっかくの記念だから写真とか撮《と》りたいんだけど。

でも、流石に、それは許してくれないよな。

しかし、紗矢さんも同じことを考えていたのかストレートにお願いする。

「なーなー、真白、超可愛《ちょうかわい》いから写真撮っていい？」

「だ、駄目に決まっているでしょ！　こ、こんなに恥ずかしいのに、データにまで残すなんて――」

「でも、彼氏くんも撮りたそうにしているぜ」

「えっ？」

氷川先生が驚《おどろ》いて見てくる。

俺は恐《おそ》る恐る頷く。

すると、氷川先生は顔を背けて、おずおずと指を一本伸《の》ばして。

「…………………………い、一枚だけなら、いいけど？」

いや、言ったのは、俺たちなんだけど——大丈夫なのか、氷川先生？

本気で、氷川先生の将来が不安になった瞬間《しゅんかん》だった。

俺が怪《あや》しげな壺《つぼ》を買ってくれと言っても、マジで買ってくれそうな雰囲気《ふんいき》すらある。いや、そんなことしないんだけどさ。

氷川先生の了承《りょうしょう》を得て、紗矢さんはどこからともかくカメラを取り出す。

俺はちゃんとしたものは持っていないので、ただのスマホに搭載《とうさい》されているカメラだ。

俺たちがカメラを構えると、氷川先生はわたわたと両手を振《ふ》る。

「さ、先に言っておくけど、顔は撮っちゃ駄目だからねっ」

「それもそうだな。最近、何があるかわからないしな。じゃ、真白の方で顔を隠《かく》してもらっていいか？」

「こ、こうで合ってる？」

紗矢さんの言葉で、氷川先生が片手を広げて目元を隠す。

しかし、その姿はどこか淫靡《いんび》に見えてしまって。

「…………やっぱ止《や》めておきましょうか、氷川先生」

「ど、どうして、霧島くんは顔を背けるの!?　や、やっぱり制服は無理があったかな!?」

いや、そうじゃないんだけど……なんかＳＮＳで時々見る写真みたいな、いかがわしさがあるんだよな。

援〇とか、パパ〇とかそういう感じの。

俺が黙《だま》っていると、氷川先生が顔を青ざめさせる。

「や、やっぱり、痛々しいんだっ。そ、それなら、今からでもすぐに脱《ぬ》いで——」

「あ、いや、そういうことじゃないんですけど！　なんか、氷川先生の魅力《みりょく》的な部分が出すぎていて、なんというか——」

「なんというか、同人誌でよくある『援交《えんこう》で快楽落ちしそうな女子高生』に見えるよな」

「言ってること最悪じゃねーか！」

どうして、それがフォローになると思った！

紗矢さん、一応、氷川先生の友達なんですよね！　せっかく人が濁《にご》したのに、余計なこと言いやがって！

と、そこで。

ふと、俺はあることを思いつく。

「あっ」

「ん？　彼氏くん、どうしたんだ？」

「あ、いえ、ちょっとしたことを思いついたっていうか、思い出したっていうか……」

「それなら言ってみな。真白もそういうのを期待してたんだろうし」

それには、氷川先生もこくこくと頷く。

どうやら、この女子高生制服案以外の案がすぐにでも欲しいかのようだ。

俺は言う。

「いや、あの、氷川先生は私服姿でいいんじゃないでしょうか。俺も最初から確信が持てないぐらい、イメージチェンジしますし。ちょっと髪形《かみがた》とか変えれば、大概《たいがい》の人は気づかないと思うんですけど」

「「…………」」

解決した。


それから、俺たちは少し話しあった結果――氷川先生だけでなく、俺も格好を変えることとなった。といっても、俺も少し服装を大人っぽくするだけだけど。

まあ、俺も生徒の中では有名だが、実は顔自体が有名なわけではなかったりする。

何故《なぜ》なら、みんな、怖《こわ》がってまともに見ようとはしないから。だから、俺もちょっと雰囲気を変えれば、気づかれないんじゃないかってことだった。

そうして現在。氷川先生の家から紗矢さんは帰宅して、俺だけが残っていた。

「霧島くんもそろそろ帰る？」

「そうですね。あんまり遅《おそ》くまでいるのも良くないと思いますし」

別に、まだちょうど日が落ちているぐらいだから、時間帯的にはそこまで遅いわけでもないけれど──その、なんというか紗矢さんがいないと妙《みょう》に緊張《きんちょう》してしまう。ここ、彼女の家だし。一応、俺たちは年頃《としごろ》の男女なわけだし。

そんなことを考えていると──

「「あっ……」」

氷川先生と目が合ってしまう。だが、すぐさまに目を逸《そ》らされてしまった。

え？　な、なんでだ？　しかも、妙に頬《ほお》が赤い気がするし。

そんなことを思っていると、氷川先生は桜色の唇《くちびる》を動かして。

「と、ところでさ。霧島くんって、この後、時間あったりする？」

「は、はい。その……一応、今日は一日中空いてますけど」

「それならさ」

氷川先生は年上特有の余裕《よゆう》のある笑みとともに、言ってくる。

「せっかく二人きりだし……その、先生が色んなことを教えてあげよっか？」

第十一章

年上お姉さんとの二人きりのレッスン。

その響《ひび》きから、みんなは何を想像するだろうか。

え？　俺はって？　そんなの言わせんなよ。わざわざ言わなくてもわかるだろ？

——もちろん、エッチなことに決まってる。

いや、当たり前だよね。この辺は常識だよね。なんというか、年上お姉さんものの作品ならそういうことを自然と期待しちゃうっていうか。

そういったモノには色んなパターンがあるけれど、個人的には『年上お姉さんが恥《は》ずかしながらも求めてくる』のとか、凄《すご》くいい。年上ぶりながらも、恥ずかしがってしまっているのとか凄くそそる。もちろん、それ以外でも俺としては全然オッケー。

ただ、さ。

実際求められたりすると、結構辛《つら》かったりするんだよね、これが。

まあ、これは俺の体験談からの感想だったりするんだけど。でもほんと困るよね。もう出尽《でつ》くしちゃって萎《な》えてるのに、先生ってば終わらせてくれなくて。マジで大変。

だからさ。悪いけど、本音を言えばそろそろ止《や》めて逃《に》げたいんだ。

そろそろ、この現実逃避《とうひ》的な思考を止めて——

「霧島《きりしま》くん！　いつまでトイレに入ってるのっ？　まだ、勉強終わってないよっ？」

——教師モードと化した氷川《ひかわ》先生から逃げたいんだ。

◇◇◇

「ほら、霧島くんきびきびと手を動かして。まだまだ問題は残ってるんだから」

「…………はい。わかりました、先生」

カリカリ、と。

氷川先生の部屋で、俺はノートに向かって黙々《もくもく》と手を動かしていた。

もう気力とか全て出し尽くしちゃって萎えているのに、氷川先生は全然終わらせてくれない。ずっと、俺が勉強することを求めてくる。……もうほんと逃げたい。

「じゃ、そろそろ休憩《きゅうけい》しよっか」

それから、氷川先生からお休みが宣告されたのは三十分後のことだった。

思わず、俺はシャーペンを放り投げて床《ゆか》に寝《ね》っ転《ころ》がってしまう。

最近は勉強してるつもりだったが……あんなの、まだ全然序の口だった。ここまで何もかも絞《しぼ》り尽くされるとは思わなかった。

「はい、霧島くんお疲《つか》れ様」

そう言って、氷川先生が机に冷たい麦茶を置いてくれる。こういうところは優《やさ》しいんだけど……さっきまでの地獄《じごく》のような勉強を思い出すと、これから「また頑張《がんば》ろうね」という飴《あめ》に思えて素直《すなお》に喜べない。

「……ところで、氷川先生。なんで、急に勉強なんて見てくれる気になったんですか？」

いや、最初はエッチな方向だと勘違《かんちが》いしてた俺も俺だけどさ。

だけれど、なんで俺の勉強を見てくれるのかはやっぱり不思議で。

俺の疑問に、氷川先生は微笑《ほほえ》みながら答える。

「最近、君が頑張ってたことは知ってたから。そのお手伝いをしたいって思うのは、そんなに変かな？」

「いや、変じゃないですけど……で、でも、俺、要領悪いし。ほら、今だって氷川先生に何回も教えてもらってるのに全然わからなくて。正直、迷惑《めいわく》になってないかなって」

誤魔化《ごまか》すようにへらへらと笑いながらも、そんなことを言ってしまう。

いつからだろう。自分の要領の悪さに嫌気《いやけ》が差すようになったのは。

昔は、俺はできると思い込んでいた。だけれど、そんな自信はいつしかへし折られて。

それ以来、俺は誰《だれ》かに何かを教わることが怖いと思うようになった。

こんなこともできないのかと失望されたくないから。

でも、何にも出来ないくせに、いっちょ前にプライドだけはあって。

だからこそ、俺はずっと勉強から逃げ続けてしまって——

「あの、霧島くんって時々だけど変なことを言うよね」

「えっ？」

顔を上げると、氷川先生は不思議そうに首を傾《かし》げていた。

え、変なことっていったい何が？

俺が眉《まゆ》をひそめていると、氷川先生はくすりと笑みを零《こぼ》しながら優しげな声音《こわね》で。

「だって、そうでしょ」

「——私は、君の先生なんだから。君が勉強を頑張ろうとしてるのに、迷惑だなんて思うわけないでしょ」

「──っ」

その言葉は、俺にとって深く深く突《つ》き刺《さ》さるものであって。

……うん、だから、俺はこの人が好きなんだろうな。

知れば知るほど、俺はこの先生が好きになっていく気がする。

ほんと、なんというかズルすぎる。こんなの反則だろ。

と、そこで。

「ところで、さ。私が勉強に誘《さそ》ったときに、霧島くん妙に乗り気だったような気がするんだけど。……いったい、何だと思ってたの？」

ふと思い出したように、首を傾げて訊《たず》ねてくる氷川先生。

その表情は、無邪気《むじゃき》そのもので──って、そんなの言えるわけないだろ！　氷川先生は俺のことを真剣《しんけん》に考えてくれていたのに、俺の方はエッチなことを考えていたなんて！

だが、氷川先生に不思議そうに見つめられて、俺はそっぽを向きながら言ってしまう。

「それは、その……先生の家に二人きりなんで。そ、そういうことを考えました」

「そういうことって？　…………って、あっ」

俺が言わんとしたことを察したのか、氷川先生はぼふんと顔から湯気を出した。

「な、なるほどね。そういうことねっ……ふ、ふーん、君はそんなこと考えてたんだ？」

「っ……そ、それは、その」

「ま、まあ、考えるだけなら別にいいんだけど」

「えっ？」

真《ま》っ直《す》ぐに見つめると、彼女は頬を真っ赤にしながら唇をもにょもにょさせ。

「わ、私だって、その……年頃の男の子のそういうことは理解はありますからっ。だ、だから、なんと言いますかっ。考えるだけなら、別に全然いいかなって」

「う」

「で、でも、そういうことをするのは絶対駄目《だめ》だよっ。私と君は教師と生徒で。余計に大事になっちゃうから。だ、だからね」

そう言って。

氷川先生は頬を上気させたまま、俺の耳元でぽしょぽしょと囁《ささや》いてくる。

「――だからね、そういうことは、その……君が卒業してからね？」

その言葉の破壊《はかい》力は、今まで聞いたどれよりも凄《すさ》まじかった。

俺は耳まで熱を持っているのを感じる。ヤバい。ちなみに、自分で言ったはずの張本人も「あう……」と顔を俯《うつむ》かせていた。

俺たちの間に、妙な空気が流れる。

「じゃ、じゃ、そろそろ勉強に戻ろっか」

「そ、そうですね」

それを打ち破ったのは、氷川先生の言葉だった。今度ばかりは、俺も乗り気に勉強に賛同する。

だって……そうでもしないと、それこそ、どうにかなってしまいそうだったから。

それから、何十分経《た》っただろうか。

氷川先生と勉強を再開するも、結局、俺の集中力が限界間近だったのは変わらなくて。

というわけで。気分転換《てんかん》も兼《か》ねて、俺たちは散歩に出かけることにした。

とはいえ、当然の如《ごと》く、氷川先生の家からさえ一緒《いっしょ》に出るわけにはいかない。

万が一、二人で部屋に出入りするところを知り合いに見られたら終わりだし。

だから、俺たちは時間差で部屋を出て少し離《はな》れたところで待ち合わせすることにして。

そして――現在。

俺は慶花町《けいかちょう》の繁華街《はんかがい》の外れにあるアニメショップの前に立っていた。

正体を隠《かく》すために、一応、マスクはつけている。意味はないかもしれないが、まあ、ないよりはマシだろう。

夜の闇《やみ》にも負けず、アニメショップははテカテカと光っていた。

お店の窓ガラスには、あるネットゲームのポスターが貼《は》られていた。

俺もやっているゲームだ。長らく触《さわ》っていなかったけれど……どうやら、つい一週間前からネトゲ内でもお花見のイベントをやっているようだった。

最近のゲームって、季節感を大事にしていると思う。

ソシャゲとか、常に更新《こうしん》されるようなゲームに限られるのかもしれないけど。

たとえば、クリスマスが近づけば、クリスマスにちなんだイベントを行ったり。バレンタインデーになれば、女性キャラからチョコをもらったり。そのおかげか否《いや》が応でも、俺たち消費者は常に新しいイベントの訪れを意識させられてしまう。

「霧島くんもそのゲーム、やってるの?」

背後に、人が立っている気配。

振《ふ》り向かなくても、誰がいるかなんてわかった。

「……『も』ってことは、先生もですか?」

「うん。今度、やろうね」

「はい」

頷《うなず》いて振り向くと、やっぱりそこには氷川先生が立っていた。

だけれど、氷川先生の口元にもマスクがつけられていて。

「「ぷっ」」

同時に、俺たちは噴《ふ》き出してしまった。

まさか、そこまで被《かぶ》るとは思わなかったからだ。

そんなくだらないことにも、マスクの下で一頻《ひとしき》り笑った後で、氷川先生は言う。

「じゃ、霧島くん行こうか」

◇◇◇

「……えっと、どこか行きたい場所があるんですか？」

「うん、そう。でも、ついてからのお楽しみね」

氷川先生が先導し、俺はその後をついていく。

先生が選ぶ夜道は人気がないどころか、街灯すら広い間隔《かんかく》でしかなかった。一人で歩いていると、絶対に不安を覚える道。万が一にでも生徒たちに見つからないように、敢《あ》えてそんな道を選んでいるのだろう。

だけれど、それも、氷川先生との散歩ならばそれもどこか楽しく思えてしまって。

……それにしても、行きたい場所ってどこなんだろうか？

この方向には、ただの公園しかないはずなんだけど——あっ。

「ついたよ」

ぴたりと足を止めて、氷川先生が振り向く。

俺たちが辿《たど》り着いたのは、やっぱり公園だった。

だが、ただの公園ではない。だって、ここは——

「……慶花桜花祭《おうかさい》が行われる公園、ですよね」

「うん。今はまだ機材とか設置されてないから、全然見えないけどね」

公園は、桜で彩《いろど》られていた。はずだった。

街灯が頼《たよ》りないせいか、夜桜を堪能《たんのう》することはできない。

だが、これが慶花桜花祭になれば変わる。あちこちでライトアップされて、夜桜を鑑《かん》賞《しょう》することができるようになるらしいのだ。

……まあ、俺は一回も行ったことないから知らないんだけど。

慶花桜花祭は、慶花高校やその周辺にある高校や大学のリア充御用達《じゅうごようたし》のイベントみたいなものだ。俺みたいな陰《いん》キャがこの慶花桜花祭に行くなんて、ハロウィンに渋谷《しぶや》に行くようなものだ。つまり、お金でも払《はら》われない限り行きたいとは思えない場所ってことだった。

でも、そんな俺が今度はここにデートで来ようとしている。

数ヶ月前にはそんなこと考えもしなかったが故《ゆえ》に、なんか今は不思議な気分だった。

氷川先生が静かな公園に入っていくのを見て。俺も後に続く。

当然のように、公園には誰もいなかった。こんな街灯もほとんどない夜の公園に来るやつなんて、俺たちみたいなよっぽどな物好きだけだ。

「あのね、霧島くん。実は、次の慶花桜花祭では声優さんのイベントをするんだって」

不意に、氷川先生が振り向いて言った。

「え、えっ？　ほ、本当ですか……？」

「うん。まあ、ゲストみたいな立ち位置らしいんだけど……それでも、職員会議で言ってたから本当かな。あっ、これ、もちろんオフレコだからね」

「そんなこと、俺に言ってもいいんですか？」

「もちろん駄目かな。でも、霧島くんは言いふらしたりしないでしょ？」

「言うやつがいませんからね」

自虐《じぎゃく》めいた笑《え》みをつくって言う。

だけど……声優さんがやってくるなんて、マジで凄《すご》いな。慶花桜花祭が作画に使われてるアニメって、確か超人気《ちょうにんき》声優さんが器用されていたはずだから——もしかして、あのひととかあのひとに会えたり、見れたりするのか!?

と、そのとき。

「…………」

唐突《とうとつ》に、氷川先生が足を止めた。

闇を纏《まと》った桜の木に触《ふ》れながら、先生がそっと視線を向けてくる。

俺はその視線を受け止めて、この道中にずっと気になっていたことを訊ねる。

「……どうして、氷川先生はここに俺と来たかったんですか?」

散歩をしようと言い出したのは、氷川先生だ。

だけれど、それがあまり推奨《すいしょう》されるべきことではないということは氷川先生だってわかっているはずだ。何故《なぜ》なら、学校から少し離れてはいるけども、距離《きょり》的に遠いというわけではなくて。夜遅《おそ》いとはいえ、生徒が通りかかってもおかしくないのだ。

それでも、氷川先生は散歩を提案した。

それが、ずっと不思議だったのだ。

氷川先生は小さく口元を緩《ゆる》めながら、答える。

「特に深い意味はなかったんだけど……でも、しいて言うなら、私の覚悟《かくご》を再確認《さいかくにん》したかったからかな」

「覚悟、ですか？」

「うん」

氷川先生は頷く。

しばしの間の後、氷川先生は優《やさ》しい声音《こわね》で続ける。

「……霧島くんは告白するときに言ってくれたよね。責任を取る覚悟を決めるって」

「そう、ですね」

「形は色々とあるけど、そう、私たちのような関係は何かの覚悟を決めなきゃいけないんだと思う。相手のためにどんなことができるか考えて、決意を固める必要があるんだと思う。だとすれば、私がしなきゃいけないのはどんな覚悟だと思う？」

問いかけているが、それはどちらかといえば自分に向かって言っているようだった。

「……私は、私たちの関係がバレて霧島くんが人生を台無しにしないようにするのも大事だと思ってるけど……でも、それと同じぐらい、霧島くんには普通《ふつう》の高校生と同じような恋愛《れんあい》をさせてあげたいの」

「普通の高校生と同じ……？」

「……うん。どれだけ取り繕《つくろ》っても、私たちの関係性はやっぱり『普通』じゃないから。だから、せめてそれは『普通』にさせてあげたいかな。私と……教師と付き合っているからといって、どんなときにもコソコソしなきゃいけなくて。だから、ハロウィンも、クリスマスも『普通』に楽しめない……っていうのは、やっぱり嫌《いや》だから」

これまで、氷川先生が何故そこまで慶花桜花祭に拘《こだわ》っているのか疑問に思っていた。

正直に言えば、これまで、俺はわざわざ慶花桜花祭でデートをする必要はないとすら思っていたからだ。

冷静に考えれば、教員も生徒もたくさんいる中でデートをするなんて、自分から関係性をバラしにいくようなものだ。むしろ、絶対にするべきではない。そして、俺がその懸念《けねん》に辿り着くということは、氷川先生もそれを理解していないはずがなくて。なのに、頑《かたく》なに慶花桜花祭でデートを決行しようとする氷川先生の姿は、どこか不自然にすら思えてしまっていた。

だけれど、今、それが氷解した。

氷川先生は、俺に『普通』の恋愛をさせてあげたいから。

ハロウィンも、クリスマスも——そして、慶花高校のカップルなら必ず行くであろうイベントにも参加して、俺を楽しませてあげたいから。

そして、恐《おそ》らくそれだけじゃない。

付き合ってからというもの、俺たちはまともにデートもできていなければ、二人きりにもなれてはいない。図書館のときも、桜木町にソシャゲをしに行ったときも、最終的には邪魔《じゃま》が入ったから。こうして気をつけなければ、散歩すらまともにできないから。

だから、氷川先生が次のデートに大きな想いを懸《か》けていることが痛いほど理解できて。

でも、

「……俺は、別にそんなこと気にしませんよ」

「うん、それもわかってる。だから、これは私が自分に課した覚悟なのかな。絶対に守ろうって思ってるものなの」

氷川先生は微笑《ほほえ》む。

だけれど、それはどこか陰《かげ》のある笑みで。

月が半分ほど雲に隠れて、辺りの闇が更《さら》に深くなる。

だからか――月が照らす場所は、俺たちのところから離れていく。

ずっと、ずっと遠く。それこそ、手が届かないようなところまで。

氷川先生はそれを目を細めて、見ていた。

憧《あこが》れの光景を見つめるように。

「…………」

「…………」

月明かりが、遠くにある夜桜を僅《わず》かに照らす。

それは、とても綺《き》麗《れい》で。されど、スクリーン上の映画を見ているように、それは自分たちには縁遠《えんどお》い空想めいた世界のように思えて。

月明かりが届かない闇《やみ》の中《なか》で、氷川先生はそっと囁《ささや》く。

「——今度のデート、成功させようね」

それには、俺も頷いた。

その気持ちだけは、氷川先生と同じだったから。

◆◆◆

それから一週間近く、私と霧島くんは慶花桜花祭の準備に忙殺《ぼうさつ》された。

私と霧島くんは衣装合《いしょう》わせというか、お互《たが》いに当日に着ていく服を決めて。普段《ふだん》とは全く違《ちが》って、『氷川真白《ましろ》』と『霧島拓也《たくや》』であるとバレにくいことを確認したりして。試しに、軽くデートとは言えないようなお出かけをしたりして。

一方で、私は教師特権を利用して当日の教師の見回りルートを調べたりして、霧島くんと相談しながら見つかりにくい道を決めたりした。

そうして、慶花桜花祭・前日の夜。

私は鼻歌を響《ひび》かせながら、自宅で明日の慶花桜花祭の準備していた。

明日は、霧島くんと付き合ってから初めてのデートっぽいデート。気合いが入らないわけがなかった。

幸い、教師としての仕事もない。見回りからは外れて別の担当だったが——それも、事前に終わらせることができていた。だから、明日は霧島くんと一緒《いっしょ》に楽しむことができる。

声優さんのステージを見に行ったり、夜桜を見てお花見をしたり。お弁当の準備も整っている。それに、迷信とわかっているけども、「桜の木の下で告白したら永遠に結ばれるらしい」という噂《うわさ》だって無視できない。

それら全て含《ふく》めて、私は明日が楽しみでたまらなくて。と。

不意に、私の携帯《けいたい》が震《ふる》えた。

学校からの電話だ。

嫌な予感を覚えつつも電話を取ると、教頭の声が聞こえてくる。

『氷川先生、夜遅《おそ》くにすみません。実は、明日の慶花桜花祭の見回りの件ですが……急遽《きゅうきょ》、増員することになりまして。大変申し訳ないのですが、明日、見回りに参加にしていただけないでしょうか？』


結果から言うと、俺たちは慶花桜花祭にデートに行くことはなかった。

そうして、慶花桜花祭が終わって数日が経《た》った。

氷川先生とはあれから一度も二人きりで喋《しゃべ》っていない。

第十二章

日本史の男性教師が黒板を大きく使って説明している。

世の中はゴールデンウィークだからか、誰《だれ》もが浮《うわ》ついているような気がする。それでも休みでもないのが、なんというかこの学校らしい。まあ、午前中だけなんだけど。

だけれど、俺は特にとびっきりに浮ついていた。必死にノートに書き写していたが、自分ですら何と書いてるかわからない。……全く、集中できていない。

先週にあった慶花桜花祭《けいかおうかさい》には、結局、デートに行くことはなかった。

氷川《ひかわ》先生に急用で仕事が入ったから、というのもある。

でも、それだけじゃない。それ自体は断れるものだったらしい。

理由は——見回りが増員したことによって、余計に監視《かんし》の目が増えたせいだった。

涼真《りょうま》からそれなとなく聞いてみたことによると——どうやら、近年、慶花桜花祭では「成人男性が女子生徒に声をかけてナンパをする」といった事件が多発しているらしく、その監視のために更に見回りを増員した方がいいという意見が出たためのようだった。

やっていることはちょっと違うが、俺と氷川先生の関係性もそれと似たようなものだ。

そんな監視が強まっている状況《じょうきょう》で、流石《さすが》に決行するわけにはいかない。

だから、俺たちはデートをすることをやめた……のだけど。

あれ以来、俺と氷川先生は二人きりで喋っていない。

LINEで何度か連絡《れんらく》は交《か》わしたが、そのやり取りも非常に簡素なもので。

いや、ただ単に、以前のように、氷川先生が忙《いそが》しいから予定が合わなくて会えてないだけでもあるんだけど……何故《なぜ》か、この間とはちょっと違う気がする。

どうしても、心には小さなしこりのようなものが残っているように思えて。

不意に、氷川先生が公園で言ったことを思い出す。

――霧島《きりしま》くんには普通の高校生と同じような恋愛をさせてあげたいの。

――これは私が自分に課した覚悟なのかな。絶対に守ろうって思ってるものなの。

――今度のデート、成功させようね。

氷川先生は慶花桜花祭に大きな想《おも》いを懸《か》けているようにも思えて。

それが、仕事が入ってしまったとはいえ、失敗してしまった今、嫌な予感がチラッと脳《のう》裏《り》を過《よぎ》っていた。

（……まさか、別れたりしないよな）

たった一度。

たった一度、デートができなかっただけだ。

だから、こんなことで別れたりなんてしない……はずだ。

だけど、氷川先生のあの雰囲気《ふんいき》を見てしまってはそう考えてしまう気持ちもあって。

そして、同時に考えてしまう。

もし、次のデートも、花火大会も、クリスマスも、バレンタインも、ホワイトデーも、お互いの誕生日も——俺たちが教師と生徒という関係だからこそ、人の目を気にしてしまって。そのせいで、どこにも出かけられずに楽しめないとしたら。

図書館やソシャゲのときのようなことが、ずっと続くとしたら？

それは、果たして——付き合っていると言えるのか？と。

校舎にチャイムが鳴り響き、日本史の授業が終わる。

心の中は、鬱々《うつうつ》とした泥《どろ》のような感情で溢《あふ》れていた。

こんなときは、気分転換《てんかん》するに限る。

俺は特に用もないが立ち上がると、教室から出て行って。

「霧島、ちょっといいか？」

教室の外には、涼真が何故か立っていた。

他の生徒がいるからか、『霧島』呼びだけど……どうしたんだ？　こいつがうちのクラスの教室まで来るなんて珍《めずら》しいな。

廊下《ろうか》にいる女子生徒たちに愛想《あいそ》良く手を振《ふ》りながら、涼真は言ってくる。

「ちょっと来てもらってもいいか？　少しだけ話がある」


涼真に連れてこられたのは、生徒指導室だったのだけど。

「おい、なんだこの点数は？　また下がってるぞ」

俺の前に、ここ数日で行われた小テストが結果が広げられる。

うん、まあ……俺から見ても、この点数は酷《ひど》いな。勉強をしていなかったときと、さして変わらない点数だ。勉強に集中できなかったせいで、点数が酷いことになっている。

「一時期から急に上がったから感心していたんだけどな……何かあったのか？」

どうやら、それを聞くために呼び出したらしい。

なんというか……こいつ、かなりのお人好《ひとよ》しだよな。わざわざ一人の生徒のために小テストの結果を確認《かくにん》して、こうして時間を割《さ》いて。

今は、その優《やさ》しさがありがたかった。

……でも、一方で、涼真に氷川先生のことを話すわけにもいかない。

涼真のことは信用はできるけど、おいそれと話していいのかもわからないし。木乃葉《このは》にはある程度喋っていたから、仕方ない部分もあったけど。

俺が迷っていると、涼真は小さく溜息《ためいき》をついて。

「……言いたくないなら、それでもいい」

「だが、何があったにせよ——後悔《こうかい》だけはしないようにしろよ」

「……えっ？」

その言葉に、俺はハッと顔を上げた。

涼真は真《ま》っ直《す》ぐに俺を見つめていた。

「高校生活は短いからな。何をするにしても、後悔だけはしないようにしっかりと考えろってことだ。まあ、考えたからといって後悔しないわけじゃないけどな」

こいつは——涼真は何か知っているのだろうか。

それを、この場で問い質《ただ》すことはできなかった。

でも……そうだよな。どうするにせよ、後悔だけはしないようにしないと。

これまでの人生が後悔の連続だったから。

だからこそ、今回に関しては絶対にあんな思いはしたくなくて。

「——ああ」

俺は頷《うなず》く。

相変わらず何をしていいかなんてわかっていない。

だけれど、涼真の言葉は俺に確実に力を与《あた》えてくれていた。


「ここ数日の真白《ましろ》の様子、か？」

そういうわけで、放課後。

俺は紗矢《さや》さんと連絡を取って、慶花町駅前にあるファミレスに一緒にやってきていた。

連絡先は、以前、知り合ったときに「真白のことで相談したいことがあったら連絡してきていいぜ」と言われて交換《こうかん》していたのだ。

そのおかげで、紗矢さんと何とか会うことはできていたのだけど。

紗矢さんはパフェをスプーンですくって食べていた。小さい唇《くちびる》の端《はし》についたクリームをぺろりと舌で舐《な》め取りながら、彼女は俺の方を見てくる。

「少し前に会ったときには、一応、いつも通りに振る舞《ま》っていたな。真白が自分から何も言わないから、聞いたりはしないけど」

言って、紗矢さんはスプーンを机の上に置いた。

「あたしの勘《かん》が正しければ、多分、まだこの間のことを引きずってんだろうな。真白、かなり張り切ってたからな」

「そう、ですよね」

「彼氏くんの方はどうなんだ？　引きずってはないのか？」

紗矢さんは見た目だけを言うなら、中学生みたいなものだ。

だけど、そのときばかりは、氷川先生と同じぐらいのお姉さんに思えて。

ただジッと黙《だま》って待ってくれている紗矢さんに、俺は本心を打ち明ける。

「……ショック、といえばショックかもしれません。俺も楽しみにはしてましたから」

「そっか」

「でも、それ以上に、俺にはこれからどうすればいいか、よくわからなくて。氷川先生が俺に『普通《ふつう》』の恋愛《れんあい》をさせてあげたいって望んでるのはわかっていて。俺もできるならそうしたいですけど……でも、人の目を気にする限り、やっぱりデートも満足にできないんじゃないかと思って」

涼真と話して取《と》り敢《あ》えず行動することは決めたが、結局は何も決まっていない。

俺の言葉を、紗矢さんはきちんと真正面から受け止めながら聞いてくれていた。

そうして。

しばしの沈黙《ちんもく》の後に、紗矢さんは優しい声音《こわね》で。

「……それは、あたしには答えられないな。恋人《こいびと》間の問題は、部外者には存外と把握《はあく》できてなかったりするしな。あたしが意外と小さい問題と思っても、その恋人たちにはそうじゃなかったり。あるいは、その逆もしかりだ」

「そう、ですか……そうですよね」

「でも、だからこそ、あたしは彼氏くんの好きなようにやればいいと思うけどな」

「……えっ？」

紗矢さんは不敵に笑っていた。

彼女は言う。

「恋人たちの問題は恋人たちじゃないとわからないんだ。だから、多分、部外者が口を出したものより、彼氏くんが必死に考えたものこそがきっと一番の『答え』なんだよ。それが、お姉さんができるアドバイスっぽいアドバイスだ」

そう言って。

紗矢さんはニッと格好良い笑みをつくりながら、最後に付け加える。

「面倒《めんどう》なやつかもしれないけど——あたしの親友をよろしくな、彼氏くん」


家に帰ると、木乃葉が何故か転がって携帯《けいたい》を弄《いじ》っていた。

……いや、本当になんでこいついるんだよ。俺、鍵《かぎ》ちゃんとかけたよな？

まあ、どうせ、事務所から鍵パクってきたんだろうけどさ。

俺はげしっと木乃葉の足を蹴《け》りながら、ぞんざいに言う。

「おい。なんで、お前、俺の家にいるんだよ。帰れよ、マジで」

「え？　だって、前にガンガン行くんでって言ったじゃないですか？」

「確かに言ってたけど、その後に、来るときは事前に連絡しろよって言っただろ」

「それに対しては、善処するって答えました。なので、了承《りょうしょう》してはないんですけど」

「激しくうぜぇ！」

それはそうかもしれないけどさ！　え、なに？　この場合って、俺が悪いの？

「……でも、今日はちょっとマジな感じで疲《つか》れてますね」

「まあな。色々あったんだよ」

「ふーん」

適当な相槌《あいづち》を打って、木乃葉はスマホで動画を見る作業に戻《もど》る。……あっ、疲れてるってわかってても、別に帰るわけじゃないのね。

自室に行って制服から部屋着に着替《きが》えて戻ってきても、木乃葉はまだ俺の家にいた。

こいつ、夕飯まで一緒《いっしょ》に食べていく気じゃないだろうな。

取り敢えず、俺は冷蔵庫を漁《あさ》って冷やしておいた麦茶を取り出す。

すると、机の上には見慣れないコップが置かれていて。

「あっ、拓也《たくや》さん。そっちのコップにもよろしくでーす」

スマホから一切《いっさい》視線を動かすことなく、足をバタバタさせながら言ってくる木乃葉。

……一瞬《いっしゅん》、マジでこいつの頭の上から麦茶をかけてやろうかと思った。

いけない、いけない。

一つ年下のやることなんて、ちょっとぐらい大目に見ないと——

「あっ、拓也さん。冷蔵庫に入っていたプリン食べましたけど、もうちょっと美味《おい》しいやつ買ってきてくださいよ。あれ、私、あんまり好きじゃないんですけど」

俺、今なら、こいつの頭の上に鈍器《どんき》を落としても裁判に勝てる気がする。

ふざけんなよ、クソJK！　勝手に冷蔵庫漁りやがって！　せっかく買って、楽しみに取っておいたのに！

　そう言ってやりたいが、ぐっと我慢《がまん》する。

　何かやらかして、春香《はるか》さんから家賃あげられても堪《たま》ったもんじゃないし。いや、春香さんならわかってくれると思うけどさ。

「ところでさ、木乃葉」

「ん？　なんですか、拓也さん」

「ＪＫの遺体をこっそり隠《かく》す方法って――じゃなかった、普通のカップルって言われたらどんなのイメージする？」

「な、何を言いかけたんですか!?　こ、怖《こわ》すぎて、後半の質問が頭に入ってこなかったんですけど！　拓也さん、いったい何を考えてるんですか!?」

「ちょっとしたお茶目な言い間違《まちが》いだろ。そんなに大袈裟《おおげさ》になるなよ」

「どんな言い間違い!?　お茶目さが狂気《きょうき》じみてるんですけど！　え、そんなにマジで怒《おこ》ってたんですか!?　拓也さん、ごめんなさい！」

「うむ。謝《あやま》れるのは良いことだ。これに懲《こ》りたら、二度とこんなことはしないよう――」

「まさか、拓也さんが冷蔵庫の奥に隠していた大福がそんなに好きだったなんて！　食べちゃってごめんなさい！」

「場所は、相模湾《さがみわん》かな」

「何故《なぜ》、急に場所の話に⁉」

がくぶると震《ふる》える木乃葉。

まあ、流石《さすが》に冗談《じょうだん》だけどな。大福、楽しみにしてたのは事実だけど。……それにしても、木乃葉さんマジな感じで震えすぎじゃないですかね。そんなに怖いですか、俺。

「まあ、冗談はさておきさ。普通のカップルって言われたら、何をイメージする？」

「普通のカップルですか？　それって学生のってことですよね？」

「そうだな」

「うーん……普通って言われてもよくわかりませんけど、最近だとタピオカミルクティーを一緒に飲みにいくんじゃないですか？」

「俺もそうだけど、お前も大概偏見《たいがいへんけん》に満ちてるよな」

どっちかといえば、お前も飲みに行く側だろうに。

あ、いや、飲みに行っているからこそ、そういう光景を多く見てるってことなのか？

「あとは、花火大会で一緒に屋台を回ったり、クリスマスでイルミネーションを見たりするんじゃないんですか？」

「なんか、その辺はテンプレだな」

「それは、みんながやるからテンプレになったんじゃないですか？」

それもそうか。

みんながそういうことをやるから――テンプレとして機能するのか。

「それがどうしたんですか？」

「いや、なんでもない……うん、でもやっぱそうだよな」

違和感《いわかん》とでも言うのだろうか。

氷川先生に『普通』のカップルと言われて、心のどこかで抱《いだ》いていたモヤモヤの正体がなんとなくだが、ようやくわかった気がした。

それと同時に、曖昧《あいまい》だが見えてきた。

これから、俺が何をするべきかも。

「ありがとな、木乃葉。どうすりゃいいか、何となくだけどわかったよ」

「はぁ？　そうですか、それは良かったですね」

「じゃ、俺、ちょっと出かけてくるから――家、よろしくな。出て行くときは、ちゃんと鍵かけて帰れよ」

「え、えっ？　拓也さんどこに行くんですか？」

「決まってんだろ」

言って、俺はチラッと木乃葉を一瞥《いちべつ》する。

正直に言えば、今でも、俺は『出来ない』ことに時間なんて使いたくないと思っている。

今回のことだって、俺の思いつきが上手《うま》くいくかもわからない。

きっと、これは、以前なら行動を止めていた『出来ない』ことだ。

それでも、氷川先生のためなら、俺は『出来る』と思う。

ありきたりだけれど——好きな人のためなら、俺は何だって出来る気がするから。

俺は木乃葉に言う。

玄関で靴《くつ》を履《は》きながら、テンションが上がった状態で。

「ちょっと、彼女のところに行ってくる」

◆◆◆

【霧島拓也】すみません、今から氷川先生の家に言ってもいいですか？　大事な話があります。

（……話って、いったい何だろう）

私は自分の家の中で固まったまま、立ち尽《つ》くしていた。

連絡《れんらく》が来たのは、つい十分ほど前だった。

返事はまだ送っていない。

理由は途轍《とてつ》もなく明快だ。了承しても、断っても、関係性が変わってしまうような気がするから。だから、私は十分経《た》っても返事ができていなくて。

（嫌《いや》、だな……）

私は、霧島くんに普《ふ》通《つう》の恋愛《れんあい》をさせてあげられないかもしれない。

花火大会も、クリスマスも、霧島くんの誕生日も——どこかに出かけて、楽しませてあげるということは出来ないかもしれない。人の目を気にし続けて、窮屈《きゅうくつ》な恋愛しかさせてあげられないかもしれない。

私と付き合ったせいで、霧島くんがそんな青春しか送れないなんて、そんなの駄目《だめ》だ。

紗矢が言った例は特殊《とくしゅ》だけれど、でも、この高校生という時期がどうしようもなく特別で、尊いものだというのはその通りだと思う。私は無為《むい》に過ごしてしまったから、過ぎ去ったものだから、より強くそう思ってしまう。

だから、霧島くんのことを考えると、私は付き合うべきではないと心の中では思ってしまっているのも事実で。

……でも、それだけは嫌だった。

矛盾《むじゅん》しているけども、覚悟《かくご》と言っておきながら、自分でもその弱さにはうんざりしているけども——それでも、正直に言えば、霧島くんとは付き合っていたかった。

好きだから、大好きだから。

だけれど、そう言い続けることもできないだろう。

霧島くんは以前は「そんなの気にしない」と言ってくれたけども、今もそうとは限らない。この間のようなことが、これから何度も起こるという可能性に気づいたのならば、考えを変えているかもしれない。

されど、私は彼がどんな決断を下したとしても、真正面から受け止める義務がある。

だから、私が出来るのは私の想《おも》いを伝えることだけだ。

胸に埋《う》め尽くされる、この大好きという——君と別れたくないという想いを。

「よし！」

自分を奮い立たせるように、私はパチンと頬《ほお》を叩《たた》いた。

次いで、気力を振《ふ》り絞《しぼ》ると「大丈夫《だいじょうぶ》だよ」と返事を送る。夜に生徒を家の中に入れるなんて良くないのはわかっているが、大事な話だと言われればそうも言ってられなかった。

直後。——軽快な玄関《げんかん》のインターホンが鳴り響《ひび》いて。

「っ」

え、えっ⁉　ちょっと待って⁉　は、早すぎじゃない⁉　もしかして、霧島くん外で待ってたの⁉　私、まだ心の準備っていうか部屋の準備もできてないんだけど！

私は慌《あわ》てて玄関の鍵《かぎ》を開けようと、廊下《ろうか》を走って。

そのとき。

「──、──っ！」

床《ゆか》に放り投げていた服に足を取られて、私は思いっきり滑《すべ》ってしまって。

そこからの私の行動は割と芸術点が高めだったと思う。

転《こ》けないようにシューズケースの扉《とびら》を摑《つか》もうとするが、その中には、以前、霧島くんが来たときに無理矢理《むりやり》片付けた大量の物が詰《つ》められていて。それだけではなくて、シューズケースの上には、ここ最近置き場がなくなっていた物がこれまた沢山《たくさん》あって。

まあ、つまり何が起こったかというと。

ドランガッシャンッッッッ！　扉の外にいれば確実に聞こえる盛大な音をたてて、私は大量の物に溺《おぼ》れながら、全力でずっこけてしまった。

◇◇◇

「あの、氷川先生？　これって、いったい……？」

「ううっ、見ないでぇ……」

氷川先生の自宅。

何故か正座している氷川先生を見下ろしながら、俺は辺りを見回した。

玄関は台風が来たかと思うぐらい酷《ひど》い惨状《さんじょう》だった。

まず、あまりにも物が多すぎるし、廊下には少しではあるけども服なんかも散らかっていた。間違いなくさっきの騒動《そうどう》だけじゃない。普段《ふだん》から、こんな生活をしていないと。

「あの、氷川先生ってもしかしてなんですけど」

「な、なに、霧島くん？」

「掃除《そうじ》、できない人なんですか？」

「う」

ぴしりと凍《こお》ったかのように、硬直《こうちょく》する氷川先生。

思えば、片鱗《へんりん》はあった。随分《ずいぶん》前に部屋のことを聞いたときも、ちょっと変だったし。前に部屋に来たときにも、紗矢さんがまるで重労働でもしたかのように疲《つか》れていたりしたし。

「……でも、なんか嬉《うれ》しいです。氷川先生が掃除できない人だとわかって」

「え、嬉しい？」

「はい。氷川先生の新しい一面を知れたみたいで。氷川先生って、何でも出来るわけじゃないんですね。なんか、何でもそつなくこなすイメージがあったんで」

「そんなの当たり前でしょ。君は私をなんだと思ってるの？」

そう言いながら、拗《す》ねたように唇《くちびる》を尖《とが》らせる氷川先生。

そんな姿も、当然可愛《かわい》らしくて。

「……で、霧島くんの話ってなに？」

そっと囁《ささや》くように言って、氷川先生は顔を覗《のぞ》き込んできた。

その表情は、どこか怯《おび》えているようにも思えて。

……そう。そうだ。俺は氷川先生に大切な話をしにきたんだ。

小さく息を吐《は》き出して気持ちを切り替《か》えると、俺は彼女に向き合って告げる。

「あの、氷川先生。——今から、俺と一緒《いっしょ》にネトゲしませんか？」


「……えーっと、なんでネトゲ？」

俺が家から持ってきたノートパソコンを起動していると、氷川先生も隣《となり》でパソコンを起動しながら恐《おそ》る恐る言ってきた。

教えてもらったＷｉ‐Ｆｉのパスワードを打ち込みながら、俺は答える。

「だって、氷川先生、前に一緒にやろうって言ってくれたじゃないですか？」

「それは、もちろん覚えてるけど……」

だが、釈然《しゃくぜん》としないのか、氷川先生の言葉は歯切れが悪い。

まあ、そうだよな。確かに急に家に来て、ネトゲをやろうって言ったらそうなるか。

でも、これは必要な過程だから。

俺は準備が整うと、氷川先生が操るキャラを連れてネトゲの世界を走り回る。

このゲームは、中世ヨーロッパの街を駆《か》け回りながら、モンスターを倒《たお》していくという、なんというか「ありがち」ではあるものだ。それでも、定期的に行われるイベントなどは、プレイヤーのツボをしっかりと押さえていて、止めるに止められないゲームだったりする。

かくいう俺も、もう数年ぐらいはやっているし。

目的地へと近づいていくのを確認《かくにん》しながら、俺はタイミングを見計らって喋《しゃべ》り始める。

「あの、氷川先生。前に言ってたじゃないですか。俺には普通の恋愛をさせたいって」

「……うん、言ったね」

氷川先生の声は暗かった。

まるで、何かを覚悟しているように。ちらりと隣を一瞥すると、氷川先生の身体は微《かす》かに震《ふる》えていた。

それでも、俺はパソコンに向き直って続ける。

「……あれから、俺、氷川先生に言われたことを考えてみました。で、一つ思ったことをっていうか、わかったことがありました」

普通の恋愛。普通のカップル。

氷川先生にそう言われて、俺は自分なりに考えてみた。

そうして、結局、木乃葉なんかに聞いたりもしたけれど――俺は一つだけ絶対的な確信を持って言えることがあった。

そう、それは。

「――よく考えてみれば、俺、人混みとかそんなに好きじゃないんですよね」

「………………………………………………はい？」

何を言ってるの？　氷川先生の目は、紛《まぎ》れもなくそう語っていた。

やがて眉《まゆ》の間を指で揉《も》みながら、氷川先生は訊《たず》ねてくる。

「え、えっ？　ちょ、ちょっと待って！　な、なんの話⁉」

「いや、氷川先生が俺に『普通』の恋愛をさせたいって話ですけど」

「そうだよね⁉」

驚愕《きょうがく》の声を発する氷川先生。

しまった。ちょっと、結論を先に言い過ぎたか。といっても、ついさっき思ったことでもあるから、そんなに考えがまとまってるわけでもないんだけど。

俺は自分の思考の過程を思い返しながら喋る。

「えーっと……『普通』の恋愛って言ったとき、花火大会、クリスマスとか思い浮《う》かべるんですけど、ぶっちゃけそんなに興味ないんですよ。だって、人多いし。花火なんてうるさいって思うこともありますし」

「花火の存在、全否定だね……」

「クリスマス、寒いし。なんで外に出てんですか？」

「今度は、冬の存在を全否定だね……」

「まあ、だからといって夏は暑いんで微妙《びみょう》なんですけど」

「そ、そっか」

「でも、コミケのあの暑さと人混みは許せるんですよね」

「矛盾しすぎじゃない⁉」

いや、自分のことだけど本当にそう思う。

でも、そう感じてしまっているんだから仕方ない。

「そうなんですよ。俺、矛盾しまくりなんですよ。嫌《きら》いなくせに、好きだったり。花火もうるさいって言いましたけど、人がそんなにいなきゃ嫌いじゃないこともありますし。クリスマスも、まあ、イルミネーションの幻想《げんそう》的な風景を見るのは好きです。コミケも人混みと暑さだけに注視すれば嫌いですけど、でも、好きな作家さんの同人誌が手に入ると思えば許せます。まあ、何が言いたいかっていうと、俺は好きな要因があればどんなことでも楽しめるっていうか」

「――クリスマスにどこかに出かけられなくても、俺は氷川先生とほんの少しの時間でも一緒にいられればそれで最高なんです」

「――――」

氷川先生は目を見開いて、息を呑《の》んでいた。

そう。それこそが、俺の伝えたいことだった。

確かに、クリスマスも花火大会のような――『普通《ふつう》』のデートには、ずっと行けないのは辛《つら》いかもしれない。

でも、俺は氷川先生と一緒にいられればそれだけで楽しいのだ。

図書館でのことも、ソシャゲをしに行ったことも、確かに満足いくまでは一緒にいられなかったかもしれないけれど。

でも、大前提として、俺は氷川先生と一緒にいられることこそが嬉しかったのだ。

だから、俺は別にどこに出かけられなくてもいい。

普通のデートなんてできなくていい。

どんなデートだって、俺は氷川先生と一緒なら楽しめるはずだから。

しかし、氷川先生はまだ何か言いたそうだった。

恐らく、それでも『普通』のデートに拘《こだわ》っているのだろう。他ならぬ俺のために。

だからこそ、俺は氷川先生に突《つ》きつける。

教師と生徒ではなく――その前にある俺たちの在り方を。

「それに、『普通』の恋愛《れんあい》って言っても、そもそも俺たちって『普通』じゃないんですよね。先生と生徒って関係性を抜《ぬ》きにしても」

「……えっ？」

「だって――俺たち、オタクじゃないですか」

確かに、オタクは以前よりも増えたんだろう。

それでも、全体から見ればまだまだ少数派だと思う。

そんな俺たちは――きっと、そもそも『普通』なんかじゃないのだ。

「……俺、思ったんですよね。花火大会とかクリスマスとかに出かけるのも、氷川先生と一緒ならそりゃ楽しいかもしれないですけど、それだけじゃなくて。出かけなくても、スマホ一つ、漫画《まんが》一冊、あればどこでだって楽しめます。氷川先生がいたら尚更《なおさら》に。なんていうか根っからのインドア派っていうか、そういうのが俺たち《オタク》じゃないですか」

全員が全員そうだと限らないけれど。

でも、それは、オタクの一つの特性ではあると思うから。

「――だから、俺は氷川先生とこれからどこにも出かけられなくても大丈夫《だいじょうぶ》です。俺たちは俺たちなりの楽しみ方をすればいいんですから。それが、なんつーか、俺が氷川先生に伝えたいことです」

もし、そういうことがしたかったら将来いくらでも出来るしな。

氷川先生は何かを我慢《がまん》するように、唇を噛《か》んでいた。

それから、嬉しそうな声で。

「霧島、くん。私ね――」


だけれど、氷川先生は最後まで紡《つむ》がなかった。

何故《なぜ》なら、氷川先生の瞳《ひとみ》はパソコンの画面に釘付《くぎづ》けになっていたから。

俺は氷川先生に思っていたことを伝えた。

だから、ここからは単なるエゴだ。

俺たちは慶花桜花祭に行けなかった。夜桜を見られなくて、お花見イベントに参加できなかった。

だから、これはそのやり直し。

氷川先生が俺に見せたくて――そして、今は、俺が氷川先生に見せたかった光景だ。

俺たちの目の前にある画面。

――そこには、綺麗《きれい》な夜桜がライトアップされた光景が映し出されていた。

◇　◇　◇

「…………これって」

隣で、氷川先生がポツリと呟《つぶや》く。

俺たちの前のパソコンには、綺麗な夜桜が映し出されていた。

これは、ネトゲ内で行われている季節限定イベント——お花見イベントだった。リアルタイムに連動していて、夜になるとライトアップされた夜桜が見られるという仕様だった。

にしても、最近のゲームってやっぱ凄《すご》いな。

外で見る夜桜もまた良い物かもしれないけれど、これだって負けていない。

製作陣《じん》の気合いの入れようが見るだけでわかる。まあ、解像度がもっといいモニターで見ればもっと凄いんだろうけど。

しかし、やっぱりそれは溜息《ためいき》が出てしまうほど綺麗なもので。

「霧島くん」

「なんですか？」

「ありがとね」

耳元で囁《ささや》かれるその言葉だけで、頑張《がんば》った甲斐《かい》があったと思った。

まあ、今回に限ってはやったことはそんなになかったんだけど。

——と。

突然《とつぜん》、氷川先生が俺の肩《かた》に寄り添《そ》ってきた。

そっと、どこか甘えるように頭を預けてくる。

艶《つや》やかな黒髪《くろかみ》が頰《ほお》をくすぐり、甘い匂《にお》いに包まれる。彼女に触《ふ》れた肩は馬鹿《ばか》みたいに熱くて、心臓が凄《すさ》まじい速度で脈打つ。

だけれど、そんな姿を悟《さと》られなくて。俺は思ってもないことを言ってしまう。

「……あの、氷川先生重いんですけど」

「我慢して。今は、君に甘えたい気分なの」

「そうですか」

そんな風に堂々と宣言されたら、俺は何にも言うことはできなくて。

俺の耳元で、氷川先生は囁くように呟く。

「霧島くん――これからも、よろしくね」

「はい、氷川先生」

それに、俺は微笑《ほほえ》んで頷《うなず》いた。

窓ガラスから外を窺《うかが》えば、月明かりが照らす場所はやはり手が届かないほど遠い。

幻想的かつ空想的なその場所は、未《いま》だにどこか憧《あこが》れめいたところではあるけども。

俺は、今いる場所もそう悪くないと思っている。

エピローグ

「霧島《きりしま》くんは優《やさ》しすぎると思う！」

氷川《ひかわ》は激怒《げきど》した。

いや、激怒したっていうか、拗《す》ねてるという方が正確なのかもしれないけど。

あれから――俺たちはネトゲで遊び続けていた。

せっかくの機会だし、ちょっと遊ぼうということになったのだ。

しかし、そうやって遊んでいると喉《のど》が渇《かわ》いたりするもので。

そんなときに、氷川先生が冷蔵庫からお菓子《かし》やらジュースを持ってきてくれたのだ。

だけれど、それが始まりだった。

氷川先生は最近はあんまり喉に何も通らなかったみたいで、俺から見てもかなりハイペースで飲み物を飲んでいた。しかも、その飲み物には何故かお酒も入っていたみたいで。

「ひっく」

こうなったのだった。

氷川先生の顔は真っ赤。頬はむっすううううううとしていて不満を訴《うった》えている。

そうして、冒頭《ぼうとう》の台詞《せりふ》に戻《もど》るのだけれど。

「あのね、わたし思うの！」

ちょっぴり舌足らずの口調で、氷川先生はぷんすかと怒《おこ》る。

「霧島くんは！　わたしに優しすぎるんじゃないでしょうか！　いい⁉　そこのところ自覚あるの⁉」

「あの、氷川先生そろそろお酒は止《や》めたほうがいいんじゃ。顔も真っ赤ですし……」

「嫌《いや》！　そうやって誤魔化《ごまか》そうとして！　わたしは騙《だま》されないんだからね！」

「いえ、別に誤魔化そうとは――」

「なら、なんで君はそんなにわたしに優しいの！　ほら、説明して！　はやくゆって！」

「このひと面倒臭《めんどうくせ》ぇな！」

可愛《かわい》いけど、それ以上に何だか面倒臭い。

ぺしぺし。氷川先生が俺を叩《たた》いてきながら、むーっと唸《うな》る。

「あのね！　そうやって優しくし続けたら、わたし調子乗っちゃうんだからね！　わかってるの？　優しくするのもいいかげんにして！」

「すみません、俺、何に怒られてるんですか？」

「そうやって優しくされたら、不安になるの！　なんでわたしにこんなにしてくれるんだろうって！　だから、やさしくするのもほどほどにして！」

「俺にどうしろって言うんですか……」

かつて、優しくして怒られた彼氏がいただろうか。

いや、他のカップルの事情とか知らないから知らんけどさ。

俺がそう呟くと、氷川先生は唇《くちびる》を尖《とが》らせて。

「怒って」

「はっ？」

「わたしをおこって。そしたら、ふあんじゃなくなるから。ほらっ、わたしをはやくおこって！　はーやーく！」

ぺしぺし。

「わ、わかりましたから。だ、だから叩かないでくださいってば。……じゃ、氷川先生」

「はいっ」

「なんで、ちょっと嬉《うれ》しそうなんですか……え、えーっと、迷惑《めいわく》かけちゃ駄目《だめ》ですよ」

「…………………………きりしまくんに、おこられた（涙目《なみだめ》）」

「今だけは言わせて！　マジで面倒臭ぇよ、先生！」

氷川先生は「きりしまくんだー」と言いながら、俺にのしかかった。

さっきから、脈絡《みゃくらく》のなさが半端《はんぱ》ない。

って、柔《やわ》らかいところが色々と密着してきてヤバいんだけど！

ほんと、なんで女の子ってこんなに柔らかいの！

だけれど、そうしていたら、顔がすぐそばまで接近してしまって。

お互《たが》いの視線が交錯《こうさく》する。

ほんの少し唇を突《つ》き出せばキスできそうな距離《きょり》に、氷川先生の桜色の唇があって。

「ちゅー、したいの？」

「っ」

子供のような無邪気《むじゃき》な質問。

俺は思わず息を呑《の》んでしまう。

だけれど、押《お》し倒《たお》されながら、彼女に見つめられれば本音も出るというもので。

「……そ、そりゃしたいですけど」

「えー、きりしまくんちゅーしたいんだー。やっらしー」

「ほんっと、酔《よ》うと面倒臭さ半端《はんぱ》ないですね！」

「でもね。わたしも、ほんとはしたいの」

そっと。甘美な声で、氷川先生は耳元で囁いてきた。

「……がまんしてるけど、わたしもほんとうはしたいの。でも、わたしときみはきょうしとせいとで。しちゃったらおおごとになっちゃうから……だから、いまはまだおあずけ」

「先、生……？」

「だからね」

氷川先生はにっこりと微笑《ほほえ》んで言う。

「――いつか、このかんけいが、こうげんできるようになったら……いっぱいしようね」

すぴーっと。氷川先生は力尽《ちからつ》きたように、俺を押し倒したまま寝始《ねはじ》めた。

ほんと、この先生は……そんなこと言われたら、何もできないんじゃないか。

この状況《じょうきょう》で我慢《がまん》するなんて、辛《つら》くてたまらないのに。

そういうの、わかってるんだろうか。

俺は恐《おそ》る恐る氷川先生の綺麗な黒髪を撫《な》でた。

そして、言う。

「氷川先生、好きですよ」

氷川先生の寝顔がふにゃっと緩《ゆる》んだ気がした。

あとがき

この本を手に取った九割の方が、初めましてだと思います。残りの一割（以下）の非常に珍《めずら》しい方々はお久しぶりです。第30回ファンタジア大賞でデビューした篠宮夕《しのみやゆう》です。

既《すで》にお読みになられた方々、本作はいかがだったでしょうか。

本作でくすっと笑っていただけたり、少しでもお楽しみいただけたら幸いです。

さて。タイトルにもある通り、本作は先生と生徒のラブコメとなっております。

いいですよね、先生。よく漫画《まんが》やラノベなどにも出てきたり。まあ、ラノベの場合は「婚期《こんき》、婚期」と言っている場合が多いですが、そういうのも含《ふく》めて可愛いなと思います。

そんな先生の魅力《みりょく》ですが、数多《あまた》ある中でしいて一つ取り上げるとすれば——自分だけがその可愛い一面を知っている、ということかなと。

別に、これは先生に限ったことではないかもしれませんが。

でも、みんなが知らない、それでいて自分だけが知っている「先生の可愛い姿」というのはやっぱり良いなと思います。いいですよね、「あんなにぶっきらぼうに見えるのに、実は可愛いところいっぱいあるんだぜ」みたいな。

本作でも、そんな先生を書いていければ良いなと考えております。

では、謝辞を。

まずは、西沢《にしざわ》5ミリ先生。恥《は》ずかしながら不勉強なもので、先生の作品を初めて拝見させていただいたのは『私の初めて、キミにあげます。』なのですが、その当時は「世の中、凄《すご》い人がいるんだなぁ」と雲の上の人を見上げるようにぼんやり思っておりました。まさか、その二週間後に先生にイラストを描《か》いていただくことが決まるなんて！　先生に描いていただいたイラストは、いつもニヤニヤしながら拝見させていただいております。どれも超《ちょう》大好きです。

次に、担当編集さんへ。今回は特に本当に多くのご迷惑《めいわく》をおかけしました。いや、ほんといつも締《し》め切《き》りを破って申し訳ありません。次こそ守ります。多分。

それから、友人たちへ。約束を何度も破ってしまってすみません。皆様《みなさま》のおかげで、今回も何とか書くことができました。また、飲み会でも何でも誘《さそ》ってください。今度こそ行けるはずです。多分。

そして何よりも、この作品を手に取ってくださった皆様に多大なる感謝を。

それでは、本作が皆様の頭の片隅《かたすみ》に置いていただけることを祈《いの》って。

篠宮　夕

お便りはこちらまで

〒一〇二―八〇七八
ファンタジア文庫編集部気付
篠宮夕（様）宛
西沢5ミリ（様）宛

富士見ファンタジア文庫

氷川先生《ひかわせんせい》はオタク彼氏《かれし》がほしい。1時間目《じかんめ》

令和元年9月20日　初版発行

著者——篠宮《しのみや》　夕《ゆう》

発行者——三坂泰二

発　行——株式会社KADOKAWA
〒102-8177
東京都千代田区富士見2-13-3
0570-002-301（ナビダイヤル）

印刷所——暁印刷

製本所——BBC

※定価はカバーに表示してあります。
●お問い合わせ
https://www.kadokawa.co.jp/（「お問い合わせ」へお進みください）
※内容によっては、お答えできない場合があります。
※サポートは日本国内のみとさせていただきます。
※Japanese text only

ISBN978-4-04-073311-1 C0193

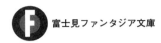

第33回
切り拓け！キミだけの王道
ファンタジア大賞
原稿募集中
キミの物語を世界に示せ――!!
〈大賞〉
300万円
〈金賞〉
50万円
〈銀賞〉
30万円
新・選考委員、決定！
細音啓「キミと僕の最後の戦場、あるいは世界が始まる聖戦」
橘公司「デート・ア・ライブ」
羊太郎「ロクでなし魔術講師と禁忌教典《アカシックレコード》」
ファンタジア文庫編集長
イラスト／ニノモトニノ
後期締切
2020年
2月末日
応募の詳細は公式サイトをチェック!
https://www.fantasiataisho.com/